講談社文庫

八丁堀の忍(五)

討伐隊、動く

倉阪鬼一郎

講談社

目次

『八丁堀の忍（五）討伐隊、動く』――おもな登場人物

鬼市《おにいち》（市兵衛《いちべえ》）　裏伊賀《うらいが》の隠れ砦《かくとりで》から命からがら脱出した抜《ぬ》け忍《にん》。

城田新兵衛《しろたしんべえ》　もと南町奉行所の隠密廻《おんみつまわ》り同心。八丁堀《はっちょうぼり》の屋敷で鬼市をかくまう。

志乃《しの》　新兵衛の妻。柳心流《りゅうしんりゅう》の薙刀《なぎなた》を遣《つか》う。

春乃《はるの》、花乃《はなの》　城田家の娘たち。十二歳の双子。

竜太郎《りゅうたろう》　城田家の長男。九歳。

虎次郎《こじろう》　城田家の次男。五歳。

花《はな》　抜け忍。かつては鬼市を狙う刺客だったが、今は城田家で暮らす。

風《かぜ》　抜け忍。裏伊賀の刺客との戦いで左腕を失う。

明月院大悟《めいげついんだいご》　城田家の長屋の浪人。料理の腕を活かし、鍋焼きうどんの屋台を出す。

松吉《まつきち》、竹吉《たけきち》　双子の十手持ち。熱血漢の「火の松吉」と水練の達人の「水の竹吉」。

高澤祥庵《たかざわしょうあん》　城田家の長屋の店子《たなこ》。本業の医術は藪《やぶ》だが、道楽で始めた易者は好評。

狩野川道洲《かのがわどうしゅう》　城田家の長屋の店子。総髪の絵師。

良知大三郎《りようちだいざぶろう》　旗本の三男。新兵衛の道場の師範代。

朝比奈源太郎《あさひなげんたろう》　新兵衛の道場の門下生。辻斬りに親友を殺された。

高尾の南《たかおのみなみ》　非情な裏伊賀のかしら。さらった子供たちを人体兵器に変えていく。

鳥居耀蔵《とりいようぞう》　江戸幕府の要人。裏伊賀の創設者で、「氏神」と呼ばれる。

犬丸《いぬまる》　裏伊賀の牢に囚われていた忍。犬のように鼻が利く。

八丁堀《はっちょうぼり》の忍《しのび》（五）

討伐隊、動く

第一章　闇の中の名

一

鬼市《おにいち》は月を見た。

あの晩と同じ、冴《さ》えざえとした月だ。

裏伊賀《うらいが》の隠れ砦《とりで》から、狼《おおかみ》たちが巣食う深い谷へ下り、決死の覚悟で抜け出そうとする前に見たあの月だ。

もう二度と月を見ることはないかもしれない。

鬼市はそう思いながら蒼《あお》い月を見た。

あのときの月が、時を超えて、いままさに夜空で輝いているかのようだった。

鬼市はおのれの本当の名を知らない。親きょうだいの顔も名も知らない。故郷の家がどこにあるのかも分からない。

まだ物心もつかないころ、鬼市はその身をさらわれ、裏伊賀の隠れ砦に連れてこられた。同じようなわらべは、ほかにいくたりもいた。

裏伊賀は恐ろしい場所だった。

鬼市のようにさらってきたわらべに厳しい修行を積ませ、人体兵器として鍛え上げるのだ。

高尾《たかお》の南《みなみ》という名のかしらは血も涙もない男だった。

「弱いやつは死ね」

それが裏伊賀のかしらの口癖だ。

修行の途中で鬼市の仲間だった忍《しのび》の卵がいくら落命しても、かしらは何の動揺も見せなかった。

「代わりはなんぼでもいる。また近在の村からさらってきたらええんや」

裏伊賀のかしらは平然とそううそぶいた。

忍の卵は、十八になるまで隠れ砦で修行に明け暮れる。そこまで落命もせずついてこられたなら、やっとひとかどの忍になる。

裏伊賀の隠れ砦にさらわれた鬼市は、厳しい修行に明け暮れた。

修行の途中で命を落とす者は後を絶たなかった。そのなかには、鬼市の友の鳥丸《とりまる》も含まれていた。

鳥丸を殺《あや》めてしまったのは、ほかならぬ鬼市だった。

八丁堀《はっちょうぼり》の忍は瞬《まば》きをした。

冴えざえとした月のなかに、おのれが殺めてしまった友の面影が浮かぶ。

凍えるような池の中で、互いに素手で戦う修行だった。その修行の途中で、鬼市はその手で友の首を絞めて殺めてしまったのだ。

鬼市は慟哭《どうこく》した。

嫌だ、と思った。

裏伊賀も、おのれの運命《さだめ》も、何もかもが嫌だった。

体の芯《しん》、そのいちばん深いところから湧きあがってくる「嫌」だった。

鬼市は裏伊賀を出ることに決めた。

表の備えは堅牢《けんろう》で、裏は天然の要害だ。恐ろしい狼が巣食っている。谷から逃げようとして食われてしまった忍の卵はいくたりもいた。

それでも、鬼市は逃げることにした。もうここにはいられない。すべてが嫌だった。

決死の覚悟で死の谷に下りた鬼市は、九死に一生を得て隠れ砦から逃《のが》れた。死の淵《ふち》を覗《のぞ》いたが、墜《お》ちることはなかった。

その後、紆余曲折《うよきよくせつ》を経て、江戸の八丁堀の城田屋敷《しろたやしき》に棲《す》みついた。鬼市は「八丁堀の忍」となった。

それからも、危難は襲ってきた。

裏伊賀は抜《ぬ》け忍《にん》を許さない。

鬼市の命を狙う追っ手は、折にふれて江戸にやってきた。

妖術を使う忍、かしらの息子たち……。

恐るべき刺客が次々に放たれてきた。

ときには危難に陥ることもあったが、これまでの刺客はことごとく返り討ちにした。

しかし……。

ひとたび刺客を斃《たお》しても、それは束《つか》の間《ま》の安堵《あんど》にすぎなかった。

高尾の南がおのれを許すはずがない。あの手この手の策を練り、今度こそ息の根を止めようとするに違いない。

それに……。

鬼市は考えた。

おのれの危難は去ったとしても、裏伊賀の隠れ砦は堅固なままだ。そこでは、かつてのおのれと同じ境遇の忍の卵が、日夜厳しい修行をさせられている。遠方にまで足を延ばしてさらってきたわらべは、今夜にも命を落としてしまうかもしれない。

それは、かつてのおのれだ。裏伊賀にさらわれてきたおのれだ。

だれかが泣いている……。

裏伊賀にさらわれたわらべが泣いている。

その泣き声が、月を見る八丁堀の忍の耳にも聞こえた。

「鬼市」

実際に響いたのは、おのれの名を呼ぶ声だった。

隻腕《せきわん》の男が闇の中から姿を現《あら》わした。

風《かぜ》だった。

二

八丁堀の城田屋敷には、鬼市のほかにも二人の抜け忍がいた。

くノ一の花《はな》は、抜け忍への刺客として裏伊賀から放たれてきた。鬼市が粘り強くその心の呪縛《じゅばく》を解き、いまは仲間として過ごしている。

もう一人の抜け忍が、風だ。

(おれは風の中で生まれた)

鬼市は折にふれてそんな感慨にとらわれる。

しかし……。

この男のほうがもっとそうだと思う。

吹きたいところで吹き、行きたいところへ行く。

それが風という男だ。

「型をさらうか」

風は言った。

右手で木刀を提げている。

「おう」

鬼市は短く答えた。

城田屋敷に匿《かくま》われているとはいえ、安閑としてはいられない。今夜にも次の追っ手が来るかもしれないのだ。

敵の襲撃を察知するためには、気を鋭く研ぎ澄ませていなければならない。そのために、抜け忍たちはしばしば夜稽古《よげいこ》に打ちこんでいた。

「ぬんっ」

風が踏みこみ、右手一本で木刀を振り下ろしてきた。

鬼市は飛び退《しさ》り、何も持たない両手で迎え撃つ構えだけをつくった。

さきほどまで大川端《おおかわばた》を疾走していた。鍛錬の一環だ。急な坂を駆け上がることもあるが、平らな道を全力で駆けることもある。

そのため、短い木刀も手にしていなかった。まったくの丸腰だ。

「てやっ」

風はさらに踏みこんできた。

稽古とはいえ、気のこもった動きだ。瞬時に身を動かさなければよけられない。

鬼市は素早く舞うように動き、間合いを取った。

風も右手で木刀を構える。

八丁堀に来たときは隻腕ではなかった。追っ手をからくも返り討ちにしたものの深手を負った抜け忍は、腕のいい医者の診立てで左腕を切り落とされ、危ういところで一命を取りとめた。

以来、右腕一本で剣をふるっているが、風によれば、もうここにはない左腕も動いているように感じられることもあるらしい。言わば、まぼろしの左だ。

当人ばかりではない。対峙《たいじ》している鬼市にもまぼろしの左の気配が伝わってくることがあった。

つねならぬ不在の腕。その動きをたしかに感じることがあった。

「えいっ」

風が踏みこむ。

鬼市はうしろへとんぼを切ってよけた。

その刹那《せつな》――。

ちょうど宙に舞っていたとき、左手が鋭く突き出されてきた。あるはずのない左腕の残像が見えた。まぼろしの左だ。

それとともに、だしぬけに異《い》な感じが身の内に生じた。

「それまで」

片ひざを地についたまま、鬼市は声を発した。

「どうした」

風が短く問う。

鬼市は立ち上がった。

「感じへんか？」

同じ抜け忍に向かって、地の言葉で言う。

「……気配か」

風は目を細くした。

追っ手との死闘で傷を負ったのは腕だけではなかった。右目をかすめて額《ひたい》に突き刺さった傷も存外に深かった。それも癒えたが、引き攣《つ》れと傷跡がくっきりと残っている。

「そや。追っ手かもしれん」

鬼市の表情が引き締まった。

風は瞬きをした。

「また来たのかもしれん。……どっちや」

鬼市は細い糸のような気配をたぐり寄せようとした。

風も眉間《みけん》にしわを寄せる。

だが……。

気配がしたのは江戸のどの方角か、そこまではしかと分からなかった。

三

日比谷町《ひびやちょう》に新志館《しんしかん》という道場がある。

道場主は城田新兵衛《しんべえ》だ。

もとは南町奉行所の隠密廻《おんみつまわ》り同心だったが、上役の奉行が鳥居甲斐守耀蔵《とりいかいのかみようぞう》に替わってからにわかに風向きが変わった。

実は、鳥居耀蔵は裏伊賀の黒幕でもあったのだ。

鳥居耀蔵は、悪をなさんとして裏伊賀を築いたのではなかった。逆だ。儒家の出で、国を憂うる情の濃かった鳥居耀蔵は、外《と》つ国《くに》に対抗する勁《つよ》い国づくりの一環として裏伊賀を築いたのだった。

若き日の鳥居耀蔵は、知恵を巡らせて裏伊賀の礎《いしずえ》を築いた。日《ひ》の本《もと》の安寧《あんねい》を保ち、外つ国の脅威から護《まも》る。そのために、さまざまな役に立つ人体兵器たる忍を草深い地でひそかに養成する。

そんな大義名分の前には、わらべの命やさらわれた家族の嘆きなどは小事にすぎなかった。

裏伊賀の黒幕でもある鳥居耀蔵は陰湿な囮《おとり》捜査なども多用する。新兵衛にとっては、それはまったくもって我慢のならぬことだった。

このまま意に添わぬつとめをつづけるわけにはいかぬ。男芸者まがいのことをして咎人《とがにん》を増やしたところで、いったい何になると言うのか。

堪忍袋の緒が切れた新兵衛は、妻の志乃《しの》と相談のうえ、若隠居の願いを出した。鳥居耀蔵の下では、もう一日たりとも働く気にはなれなかった。

そして、心機一転、道場を開くことにしたのだ。

新兵衛は柳生新陰流《やぎゅうしんかげりゅう》の遣い手で、免許皆伝の腕前だ。道場を開くにいささかも不足はなかった。

加えて、妻の志乃は薙刀《なぎなた》の名手だ。柳心流《りゅうしんりゅう》を修めており、師範をつとめることができる。また、城田屋敷の長屋の店子《たなこ》に、棒術の名手の明月院大悟《めいげついんだいご》という男がいる。剣術に加えて薙刀と棒術も伝授すれば、道場のあきないは成り立つだろう。

そういう見通しのもとに、新兵衛と志乃から一字ずつ採った新志館が道場びらきをしたのだった。

幸い、師範代をつとめる剣士が見つかった。良知大三郎《りょうちだいざぶろう》という有為の若者だ。さらに、奇《く》しき縁《えにし》が紡がれた剣士も加わった。門人も増え、道場はにぎわいを見せていた。

だが……。

新志館のにぎわいが陰る日はそう遠くない。ある目的のために、おもだった者たちが江戸を離れることになるからだ。

その目的とは、ただ一つ、裏伊賀を討伐することだ。

裏伊賀の隠れ砦から放たれてきた刺客は、いまのところことごとく返り討ちにした。しかし、本丸とも言うべき裏伊賀は無傷のままだ。

悪夢は続いている。いまにもどこかの村でわらべがさらわれているかもしれない。隠れ砦の修行で忍の卵が落命しているかもしれない。

裏伊賀ではいまなお悪逆非道な拷問まがいの修行が行われている。むろん、黒幕である鳥居耀蔵がそれを改めさせることはない。

日の本を護るために、人体兵器たる忍を養成する。

その目的が第一義だ。

裏伊賀があるかぎり、わらべは次々にさらわれていく。また泣く者が増える。

いくら追っ手を返り討ちにしたところで、その源を絶たないかぎり、悲劇は連綿と続いていく。

裏伊賀を討伐すべし。

鬼市の思いは、かしらの城田新兵衛を動かした。

城田屋敷には忍が三人いる。棒術の明月院大悟もいる。

さらに、新志館の剣士もいる。同心のときに手下だった双子の十手持ちも乗ってくるかもしれない。

そういった面々の力を結集すれば、諸悪の根源たる裏伊賀を討伐することもできるのではなかろうか。

新兵衛はそう考えるに至った。

だが、鬼市はすぐにでも討伐に赴きたいような様子だったが、新兵衛が腰を上げる気配はなかった。

裏伊賀討伐の旅に出るには、まだ乗り越えなければならない壁があったからだ。

四

「おれにも葛藤はある」

新兵衛はそう言って、猪口《ちょこ》の酒《さけ》を呑《の》み干した。

「討伐に行くべきか否かという葛藤ですか」

そう問うたのは、師範代の良知大三郎だった。

「いや」

新兵衛は見世《みせ》の中をちらりと見た。

道場のすぐ近くに巴屋《ともえや》という筋のいい蕎麦屋《そばや》がある。蕎麦ばかりでなく、酒と肴《さかな》もうまい。稽古帰りに立ち寄って、座敷《ざしき》でちくと一杯やることはしばしばあった。

「裏伊賀は討伐せねばならぬ。その肚《はら》は決まっている」

ほかの客に聞こえぬように、新兵衛は声を落として言った。

「では、いかなる葛藤でございましょう」

もう一人の門人がいくらか身を乗り出して問うた。

朝比奈《あさひな》源太郎《げんたろう》という若者だ。奇しき縁で城田組に加わった。良知大三郎とともに、裏伊賀の討伐隊に加わることはすでに決まっている。

「おれには妻子がいる。ことに、子は四人だ」

新兵衛は指を四本立てた。

上は双子の娘だ。姉が春乃《はるの》で、妹が花乃《はなの》。十二歳でだいぶ背丈が伸びてきた。母の志乃から薙刀の薫陶を受け、屋敷や道場で鍛錬している。

下は息子が二人。長男の竜太郎《りゅうたろう》は九歳、次男の虎次郎《こじろう》はまだ五歳だ。いずれ竜太郎が元服して成長すれば、父の跡を継いで町方の同心になるという道筋はついているが、まだまだ先の話だ。

二人の息子も新志館に通っている。道場の壁には門人たちの名を記した木札が張り出されているが、四人の子が含まれているから城田姓がむやみに多かった。

「それは葛藤もございましょう」

源太郎はうなずいた。

「いつ話を切り出すかですね」

大三郎がそう言って、蕎麦味噌《みそ》に箸《はし》を伸ばした。

香ばしい蕎麦の実が入った味噌は、酒の肴にちょうどいい。

「そうだ。最もいい頃合いで切り出さねば、さすがの志乃も承諾すまい」

新兵衛は厳しい顔つきで、またつがれた酒を呑み干した。

「難しいところですね」

源太郎が腕組みをした。

「まさか奥方も薙刀で討伐隊にというわけにもまいりますまい」

大三郎がそう言って酒を呑み干した。

「それは無理筋だな。子の世話がある」

新兵衛はすぐさま答えた。

蕎麦が来た。

角《かど》の立ったのど越しのいい蕎麦をたぐりながら、さらに話を続ける。

「大悟どのは乗り気で加わられるわけですね？」

源太郎が確認するように訊《き》いた。

「むろんだ。槍《やり》の名手で、鬼市とも仲がいいからな」

新兵衛は答えた。

道場で槍を教えることもあるが、明月院大悟のなりわいは屋台のうどん屋だ。尾張《おわり》の出で、八丁味噌《はっちょうみそ》を用いた具だくさんの鍋焼きうどんをつくる。寒い時分にはこたえられない料理で、遠くからわざわざ食しに来る常連客もいるほどだ。鬼市はその屋台をだいぶ前から手伝っていた。

初めのうち、城田屋敷では鬼市は市兵衛《いちべえ》という仮の名で呼ばれていたが、このところは鬼市で通すようになっていた。いちいち名を改めるのは面倒だし、新兵衛が同心をやめたからには体裁を取り繕うこともない。

「槍は運ぶのに目立ちそうですが」

大三郎が軽く首をかしげた。

「そのあたりは、大悟と話をした」

新兵衛はそう言って蕎麦を啜《すす》った。

いい音を立てて蕎麦を啜るのが江戸っ子だ。つゆはむやみにつけない。蕎麦の先につけたかと思えば、もう啜りにかかる。

「隠れ砦は山の中だ。峻険《しゅんけん》な峠道や崖などが行く手に立ちふさがるやもしれぬ。むやみに長い槍は平城《ひらじろ》でのいくさ向きで、山での合戦には向かぬ」

「なるほど、道理で」

大三郎がうなずいた。

「そこで、小ぶりの槍を携えていくことにした。このたびの討伐のために新たにこしらえたものだ。おおよそこれくらいゆえ、背に差すこともできる」

新兵衛は身ぶりをまじえた。

「それなら山でも使えそうです」

源太郎がそう言って蕎麦を啜った。

「それから、双子の十手持ちが討伐隊に加わってくれることになった」

新兵衛はそう明かした。

兄が火の松吉《まつきち》、弟が水の竹吉《たけきち》だ。悪を憎む気性が火のごとき松吉と、泳ぎの名手の竹吉。どちらも長く新兵衛の手下をつとめてきた。

「かつての手下の二人ですね？」

源太郎が問うた。

「そうだ。しばらくべつの同心の下について働いていたんだが、やはり鳥居耀蔵の囮捜査の片棒を担がされるのに嫌気が差したらしい。話を持ちかけたところ、どちらも力になりたいという返事だった」

新兵衛は答えた。

「それは心強いです」

源太郎は笑みを浮かべた。

「兵がだんだんにそろってきましたね」

大三郎も和す。

やがて蕎麦が平らげられ、蕎麦湯が来た。どろりとした濃い蕎麦湯でつゆを割り、ゆっくりと啜りながら話を続ける。

「あとは祥庵《しょうあん》先生だが……」

新兵衛は少し顔をしかめてから続けた。

「討伐隊に名医が加われば百人力だとおだてたところ、ひとたびは乗ってきてくれたのだが、いささか当てにならぬところがある御仁だからな」

店子の一人の高澤《たかざわ》祥庵は医者だ。

名医が討伐隊に帯同してくれれば心強いとおだてててひとたびは承諾を得たのだが、果たして本当に来てくれるかどうか、いささか怪しいところもあった。そもそも、下手《へた》をすると足手まといになってしまうかもしれない。

店子にはもう一人、狩野川道洲《かのがわどうしゅう》という絵師がいた。ほうぼうの神社仏閣で襖絵《ふすまえ》などを描いている優秀な絵描きだから、むろんつれていくわけにはいかない。

「いずれにしても、われらも力を振るわねばな」

大三郎が源太郎に言った。

「忍が三人いるとはいえ、兵の数が多いほうがいいはず」

源太郎が引き締まった顔つきで答えた。

「頼りにしておるぞ」

新兵衛はそう言って、残りの蕎麦湯を呑み干した。

五

その晩——。

新志館の界隈《かいわい》には人影が絶えていた。

月あかりもない。

その道場へ、ひそかに黒装束の男が忍びこんだ。

忍び刀を巧みに用い、錣《しころ》（楕円《だえん》型ののこぎり）で羽目板を切って天井裏へ身を隠したのだ。

さらに、天井板を外し、道場の床へ下り立つ。

黒装束の男は瞬きをした。

忍の目は鋭い。深い闇の中でも、大きな字なら見分けることができる。

忍は壁のほうへ歩み寄った。

門人の名が記された木札が並んでいる。
道場に忍びこんだ男は、その名を一つずつ読んでいった。

城田新兵衛
良知大三郎
明月院大悟
朝比奈源太郎

以下、門人の名が並んでいる。
いくらか離れたところには、同じ姓の木札がつらなっていた。

城田志乃
城田春乃
城田花乃
城田竜太郎
城田虎次郎

そのさまを見た忍は、闇の中で薄く笑った。

第二章　危難

一

「今度あかんかったら、わいが行ったる」

高尾の南は語気を強めた。

裏伊賀の隠れ砦だ。

忍の指南役の嘉助《かすけ》と、わらべを遠くからさらってきた手下を相手に酒を呑みながら、今後について相談をしているところだ。

「いや、かしらが御自ら江戸へ行かはるのはちょっと」

嘉助があわてて止めた。

「殿様が真っ先に討って出るみたいなもんですさかいに」

わらべさらいの手下も言う。

わらべの泣き声が響いてきた。精一杯の声で親を呼んでいる。

無理もない。里で平穏に暮らしていたのに、恐ろしいわらべさらいがやって来て、無理やりここへ連れてこられてしまったのだから。

「まったく、どいつもこいつも」

裏伊賀のかしらは、おのれのひざをばしっとたたいた。

これまでの追っ手は、ことごとく返り討ちに遭《あ》ってきた。そのなかにはおのれの息子たちも含まれている。高尾の南は怒り心頭に発していた。

「まあ、次は搦《から》め手《て》から攻めさせてますんで」

指南役が言った。

知恵のあるこの男が抑えていなければ、かしらは本当に隠れ砦を出て江戸へ抜け忍退治に行ってしまうかもしれない。

「うまいこといくやろな？」

高尾の南は嫌な目つきで問うた。

「周到に絵図面を引いてから送り出しましたんで」

嘉助は答えた。

「今度という今度は、抜け忍どもの息の根を止めたらなあかん」

裏伊賀のかしらはそう言って、杯の酒を呑み干した。

おぞましい髑髏《どくろ》杯だ。

隠れ砦では頻繁に人死にが出る。修行の最中に落命する忍の卵は数知れない。乱心して砦から出ようとして殺められる者も多い。

そんな骸《むくろ》を切り刻み、髑髏を割って杯にしたり、はらわたを干してから焼いて秘薬をこしらえたり、見るも無残なことが行われていた。

隠れ砦に囚《とら》われているわらべが甲高い声で泣きだした。

それにつられて、ほかのわらべも泣きだす。

「ええい、うるさいわい」

高尾の南は癇癪《かんしゃく》を起した。

「いくら泣いても、親元へは帰れへんぞ。そんなことも分からんのか、あほだらが」

おのれが命じてさらわせたわらべたちだというのに、裏伊賀のかしらは怒りをあらわにした。

「まあ、言うてもしゃあないんで」

裏伊賀でただ一人、かしらに意見できる男が言った。

「次は修行で泣け。死んでもうたら泣けへんけどな」

非情な男が突き放すように言った。

「とにかく、朗報を待ちまひょ」

指南役が言った。

「そやな。搦め手からの攻めに期待や」

裏伊賀のかしらはそう言うと、髑髏杯の残りの酒を呑み干した。

二

「おまえたちも一緒に帰るか？」

新兵衛が二人の息子にたずねた。

今日は四人の子がすべて道場で汗を流す日だ。ただし、双子の姉は習いごとがあるため、花と一緒に帰ることになった。くノ一が付き添っていれば安心だ。

「いま少し稽古して、母上と一緒に帰ります」

長男の竜太郎がしっかりした声音で答えた。

志乃は柳心流の師範で、今日はほかにも門人が来ている。娘たちの稽古は終わったが、まだ居残って門人の面倒を見なければならない。

「おまえはどうだ」

新兵衛は虎次郎にたずねた。

「兄上と母上と一緒に帰ります」

わらべはすぐさま答えた。

「いま少し稽古するか」

「はい」

次男はやる気を見せた。

「では、これにて」

「お先に」

春乃と花乃が一礼して道場を出ていった。

くノ一の花も続く。

新志館を後にするとき、花はふと眉間に指をやった。

気のようなものが走ったのだ。

二人の娘の身に何か起きるのかもしれない。

花は気を引き締めた。

だが……。

しばらく進むと、その「気のようなもの」は薄れていった。

何か思い過ごしだったのだろう。

習いごとについて楽しそうに語らう姉妹の後ろから、花は歩を進めていった。

三

「それまで」

志乃の薙刀が止まった。

息の上がった門人が思わずひざをついてしまったのだ。

柳心流の師範は、門人が立ち上がるのを待った。

互いに向き合い、薙刀を納めて一礼する。

「ありがたく存じました」

門人が清々《すがすが》しい声を発した。

「良い稽古でした」

志乃は笑みを浮かべた。

「よし、こちらも終わりだ。だいぶ暗くなってきた」

新兵衛が二人の息子に言った。

「はいっ」

長男の竜太郎がすぐさま答えた。

次男の虎次郎も、ほっとしたように小ぶりのひき肌竹刀《しない》を納めた。

「では、屋敷まで一緒に帰りましょう」

志乃が言った。

「はい、母上」

虎次郎がすぐさま答えた。

新兵衛はまだ門人に稽古をつけねばならない。あきないを終えた裕福なあきんどの門人も来ているから、暮れきるまでもうひと稼ぎだ。

「身が冷えぬように、走れるところは走り、屋敷で着替えよ」

新兵衛は言った。

「心得ました、父上」

竜太郎がしっかりした声で答えた。

新志館ではひき肌竹刀を用いた剣術と薙刀、それに明月院大悟を師範とする棒術の稽古が行われている。ただし、薙刀と棒術がかち合うといささか狭く剣呑《けんのん》でもあるため、どちらか片方にするように決めていた。

よって、大悟は休みだ。夜から鍋焼きうどんの屋台を出すべく、いまは鬼市とともに仕込みの最中だろう。

「では、支度が整ったら帰りましょう」

志乃がうながした。

「はい、母上」

「心得ました」

兄弟の声がそろった。

「では、頼むぞ」

新兵衛が声をかけた。

「承知しました」

志乃は引き締まった表情で答えた。

四

味噌のいい香りが漂っている。

城田屋敷では、鍋焼きうどんの屋台を出す支度が整った。

「今日もいい出来だで」

つゆの味見をした明月院大悟が髭面《ひげづら》をほころばせた。

昆布と鰹節《かつおぶし》で引いただしに尾張の八丁味噌を溶かし入れた自慢のつゆだ。むろん、うどんもうまいが、おでんなどにも合う。厚揚げや焼き豆腐などを煮込めばこたえられないうまさだ。

「具もほれぼれするほどだな」

大悟は自画自賛した。

大ぶりの海老《えび》天、ぷりぷりした紅蒲鉾《べにかまぼこ》、葱《ねぎ》にゆでた小松菜。具はとりどりにそろっている。仕上げに溶き玉子を回しかけて蓋をすれば、五臓六腑《ごぞうろっぷ》にしみわたる鍋焼きうどんの出来上がりだ。

「では、運びましょう」

鬼市が言った。

「おう」

気のいい武家が軽く両手を打ち合わせた。

だが……。

城田屋敷を出ていくらも進まないところで、鬼市は眉根を寄せた。

異な風を感じたのだ。

鬼市は空を見た。

西の空が茜《あかね》に染まっている。日は沈んだ。空の赤は薄れながらだんだんに暗くなり、ほどなく闇が領するだろう。

そのさまが、不吉だった。

鬼市は瞬きをした。

空の色がいつもと違って見えた。まるで茜から血潮がしたたっているかのようだ。

向こうから人影が近づいてきた。花と双子の娘だ。

「稽古は終《しま》いかな。お疲れで」

大悟が声をかけた。

「はい、これから戻ります」

「ご苦労さまです」

双子の娘が答えた。

鬼市は間合いを詰め、花に目配せをした。

「何かなかったか」

声をひそめて問う。

「いえ、何も……」

そこまで答えたとき、くノ一の顔つきが変わった。

道場を出るときも感じた、不吉な気のようなものが、またしても頭の片隅をよぎったのだ。

「何や」

鬼市が短く問うた。

「ちょっと嫌な気ィが。世のどこかが傷ついてるみたいな」

花は眉間に指をやった。

「嫌な気ィ？　わいも昨日、風と型稽古をしたあとに感じたわ。どっちのほうや？」

鬼市は問うた。

「道場のほう。嫌な気がする」

花は胸に手をやった。

鬼市は瞬きをした。

瞬時に考えをまとめる。

「すまんけど、今日の屋台、一人でやってもらえますか」

鬼市は大悟に言った。

「何かあったのか」

髭面が引き締まる。

「ちょっと不吉な風を感じたんで」

鬼市は右の手のひらを上に向けた。

「この子たちを送ったら、道場のほうへ戻ります」

花も言葉を添えた。

「分かった。気をつけて」

さきほどまでとはうって変わった表情で、大悟が答えた。

「ほな、先へ行ってる」

鬼市は行く手を指さした。

「風さんは？」

花がたずねた。

「あいつは愛宕権現《あたごごんげん》で鍛錬や。屋敷にはおらん」

鬼市は答えた。

「わたしたちは帰れますから」

「もうすぐそこですから」

春乃と花乃が言った。

「何かあったらいけないので」

花は首を横に振った。

「では、急いで帰りましょう」

姉が言った。

「はい」

妹がすぐさま答えた。

五

だんだん暗くなってはきたが、提灯《ちょうちん》に灯を入れるほどではなかった。

「暗くなるまでに屋敷に戻りましょう」

志乃が言った。

「はい、母上」

竜太郎が足を速めた。

「よいしょ」

掛け声を発して、虎次郎も続く。

いくらか上り坂になっていた。わらべには少しこたえる。

日比谷町の新志館から八丁堀の城田屋敷まで、さほど遠くはない。一行は越前堀《えちぜんぼり》の河岸づたいに進み、ほどなく小さな稲荷《いなり》の角で曲がった。

ちょうどそのあたりには人通りがなかった。昼でも寂しい抜け道だ。

ただし、道幅はそれなりにある。片側には武家屋敷の塀が続いていた。ここを抜ければ、もう屋敷は近い。

先に竜太郎が抜け道に入り、弟の虎次郎が続いた。

しんがりから志乃が続く。

三人が抜け道に入ったとき、異変が起きた。

目の前に、だしぬけに二人の男が現れたのだ。

どちらも黒装束をまとっている。

賊だ。

「うわっ」

竜太郎が思わず声をあげた。

虎次郎もたじろぐ。

「おどきなさい、狼藉者《ろうぜき》」

志乃が薙刀の覆いを素早く外した。

だが……。

敵の動きは速かった。

道場から跡をつけ、機をうかがっていたのは、裏伊賀から放たれた刺客たちだった。

これまでは正面から抜け忍を討とうとして、ことごとく返り討ちに遭ってきた。そこで、このたびは搦め手から攻めることにした。卑劣にも、城田新兵衛の子供たちを狙ってきたのだ。

わらべさらいのやり方は熟知している。城田家のわらべをさらい、抜け忍たちを丸腰でおびき出して仕留める。それが絵図面だった。

賊は物も言わずに斬りかかってきた。

気丈にも、竜太郎は手にしたひき肌竹刀で応戦しようとした。

それが仇《あだ》となった。

敵の剣は、城田家の長男の左腕を深々と斬り裂いた。

「兄上！」

虎次郎が助けようとした。

「危ない！」

志乃が叫ぶ。

しかし、遅かった。

もう一人の賊は、まだ十にもならぬ城田家の次男をいとも易々《やすやす》と羽交い絞めにした。

「動くな。死ぬぞ」

賊は虎次郎の無防備なのどに鋭い刃を突きつけた。

六尺（約百八十センチ）豊かな大男だ。遠目にも肩の肉の盛り上がりが分かる。

「虎次郎」

志乃が薙刀を構えた。

間合いを詰め、隙あらば賊に攻撃を加えようとする。

「母上！　母上！」

竜太郎が叫んだ。

傷は深い。

「こちらへ」

志乃は竜太郎のもとへ駆け寄った。

薙刀を構え直し、さらなる攻撃を防ごうとする。

「屋敷の忍に言うてこい。おのれらの首と引き換えに放したるってな」

虎次郎を囚われの身にした男が言った。

眼光の鋭さがここにまで伝わってくる。

志乃は悟った。

こやつらはただの賊ではない。

裏伊賀から放たれた刺客だ。

「放しなさい」

志乃は虎次郎を捕らえた刺客に薙刀を向けた。

「だれが放すか」

鼻で嗤《わら》う。

「やるならかかってこい」

もう一人の刺客が志乃を挑発した。

薙刀が動いた。

渾身《こんしん》の力をこめた怒りの薙刀を、敵はいともたやすく振り払った。

かんっ、と乾いた音が響く。

「わあっ」

竜太郎が声をあげる。

深手だ。見る見るうちに血が失われていく。

「ぬんっ」

刺客は横ざまに剣を振るった。

薙刀の柄がたちどころに斬られた。

刃の部分が吹っ飛ぶ。これでは抗《あらが》えない。

「無駄なことはやめとけ」

裏伊賀から放たれた者は冷ややかに言い放った。

「放しなさい」

志乃は重ねて言った。

「だれが放すか、あほ」

黒装束の刺客が答える。

あたりはさらに暗くなってきた。家並みが陰る。

その一角に、点のごときものが現れた。

人影だ。

「よし、この女も人質に取ったれ」

竜太郎に傷を負わせた刺客が向かってきた。

薙刀の刃を吹き飛ばされても、志乃は柄だけで応戦しようとした。

「竜太郎、逃げなさい」

左腕を右手で押さえてうずくまっている長男に鋭くひと声かけると、志乃は薙刀の柄を鋭く突き出した。

だが……。

敵の動きは俊敏だった。

難なくかわし、さらに剣を振り下ろす。

薙刀の柄はまた短くなった。

志乃は間合いを取った。

「だれかっ！」

大音声《だいおんじょう》で叫ぶ。

「だれも来《け》えへんで」

刺客が剣を構えた。

「子を狙うとは、卑怯《ひきょう》なり」

志乃は気丈にも真っ向から非難した。

「片腹痛いわ。死ねっ」

間合いが詰まる。

「おお、やってまえ。人質はこいつだけでええ」

虎次郎を捕まえているもう一人の刺客が言った。

「よっしゃ。斬ったる」

刺客はがっと前へ踏みこんだ。

志乃が手にしているものは、もはや薙刀ではない。短くなってしまった、ただの柄だった。

その表情が蒼ざめた。

いままさに敵の剣が届く。この身が斬られてしまう。

そう観念した刹那、刺客の形相《ぎょうそう》が変わった。

「ぐわっ!」

敵が叫んだ。

その眉間には、深々と手裏剣が突き刺さっていた。

六

「走れ、花」

おのれも走りながら、鬼市が言った。

「はいっ」

くノ一がいっさんに走る。

家並みの一角からひそかに様子をうかがい、一撃必殺の手裏剣を放った鬼市は、志乃と二人の息子を救いに走った。

「おのれっ、やりよったな」

もう一人の刺客が、虎次郎を羽交い絞めにしたまま叫んだ。

花は前へ走った。

足の速さは鬼市と風にも負けない。

身を前へ倒し、ある者のもとへいっさんに走る。

深手を負った竜太郎だ。

「竜太郎！」

志乃も急いだ。

左腕を切り裂かれた長男のもとへ、母が至った。

「これで縛りを」

花が手拭を取り出した。

素早く手を動かし、竜太郎の左上腕部をぎゅっと縛る。

血が失われるのを、少しでも防ぐのだ。

「うわっ、痛い」

あまりの痛みに、竜太郎が声をあげた。

平生《へいぜい》はしっかりしているが、まだわらべのうちだ。深手を負って取り乱すのはやむをえない。

「我慢しなさい」

志乃が一喝《いっかつ》する。

蒼ざめた顔で、竜太郎はうなずいた。

一方、鬼市は手裏剣を命中させた刺客のもとへ走った。

毒を塗った手裏剣だ。

いかに偉丈夫でもひとたまりもない。

「覚悟！」

ひと声発するや、八丁堀の忍は素早く短刀を抜き、おのれの身を槍と化して突っこんでいった。

目にも止まらぬ早業だった。

「ぐっ」

手負いの刺客はうめいた。

怒りの刃が肺腑《はいふ》をえぐる。

手ごたえがあった。

はらわたをえぐられた敵は血を吐いた。

滝のごとき血だ。

目を剝《む》く。白目になる。

鬼市はとどめを刺した。

裏伊賀のかしらにまで届けとばかりに、敵のはらわたをさらに深々と切り裂いた。

刺客の目は、それきり旧に復さなかった。

白目のまま仰向けに倒れて絶命した。

七

城田新兵衛は懸命に走っていた。

助けを求める志乃の声は、八丁堀に戻る途中の新兵衛の耳にも届いていた。

急いで駆けつけた新兵衛は目を瞠《みは》った。

志乃と花に抱えられた長男の竜太郎が血を流しながらぐったりしていた。

それればかりではない。あろうことか、次男の虎次郎が賊に捕らえられ、のどに刃物を突きつけられていた。

「動くな」

刺客の片割れが言った。

炯々《けいけい》たる眼光の男だ。

「刃物を捨てい。こいつの命はないで」

裏伊賀の刺客は鬼市に言った。

抜け忍は瞬きをした。

おのれの目に入ったものが何であるか、鬼市ははっきりと悟った。

「早よ捨てんかい」

怒気を孕《はら》んだ声で、刺客は言った。

ある方向をたしかめると、鬼市は短刀をいやにあっさりと投げ捨てた。

「おまえもや」

刺客は歯を剝いて新兵衛に言った。

いまにも嚙《か》みつきそうな気合だ。

新兵衛も手にしたひき割り竹刀を捨てた。

「手裏剣も隠してるやろ」

一人になってしまった刺客が言う。

必死の形相だ。

「早よ捨てい。子ォを殺されてもええのんか」

裏伊賀から放たれた者の声が高くなった。

鬼市は花の顔を見た。

くノ一がまずふところに忍ばせた手裏剣を投げ捨てる。

その刹那、志乃が鋭く言った。

「やめなさい、虎次郎」

羽交い絞めになった虎次郎が、わらべなりに窮地を脱しようとする素振りを見せたのだ。

これは危ない。墓穴を掘ってしまう。

その危険をいち早く察し、母が制した。

「あほなことはせんとけ」

刺客が凄《すご》んだ。

「わいらの……いや、もうわいらとちゃう、わいだけや。ようもまあやってくれたな」

虎次郎ののどをいまにもかき切るような様子で、敵は間合いを詰めた。

さらに眼光が鋭くなる。

「わいらが欲しいのは抜け忍の首や。鬼市と花、そこへ座れ。わいが成敗したる」

賊の声が高くなった。

鬼市は花を見た。

花も鬼市を見る。

目と目で通じるものがあった。
「わいの首の代わりに、その子を放せ」
鬼市はそう言って、その場に座った。
覚悟を決め、首を差し出すことにした。
そんなしぐさに見えた。
花も続く。
「とどめを刺したら放したる」
虎次郎を引きずるようにして、賊は間合いを詰めた。
いままで背にしていた塀から離れた。
「観念せえ」
刺客は左手に刃物を持ち替えた。
右手で背に負うた刀を抜こうとする。
その刀で二人の抜け忍の首を刎《は》ねるつもりだ。
だが……。
それが抜かれることはなかった。
悲鳴をあげたのは、抜け忍でも虎次郎でもなかった。

裏伊賀の刺客だった。

八

影が宙を舞った。

颪だ。

愛宕権現で鍛錬していたとき、ただならぬ気配を感じた。

抜け忍は持ち前の駿足《しゅんそく》を飛ばして、その気配の淵源《えんげん》へと急いだ。

間に合った。

塀に上った颪は、ひそかに刺客の背後に回った。

その動きは、鬼市と花の目にもはっきりと見えていた。

だからこそ、刺客の言葉に唯々諾々と従い、覚悟を決めて首を差し出すかのような素振りを見せていたのだ。

あれは敵を欺くための芝居だった。

機は熟した。

あわやという時に、颪は塀の上から宙に舞った。

そして、刺客の脳天めがけて剣を鋭く突き下ろした。

「ぎゃっ！」

不意を突かれた刺客が叫んだ。

「いまや」

鬼市の動きが変わった。

花も動く。

いったん地に放り出した手裏剣をつかむと、鬼市は狙いを定め、刺客めがけて投げつけた。

「うぐっ」

顔面に手裏剣を受けた刺客の腕の力がゆるんだ。

その隙を突いて、虎次郎がわっと泣きながら逃げ出した。

「こっちへ」

花が手を伸ばす。

「虎次郎！」

志乃が叫んだ。

城田家の次男は、ようやく魔手から逃れた。

風はいったん地に下りた。

とどめを刺そうとする。

だが……。

敵も裏伊賀から放たれた刺客だ。

ただちに斃れることはなかった。

「おのれっ」

脳天を剣で貫かれ、手裏剣が顔面に刺さっているのに、なおも剣を振りかざして立ち向かってきた。

その目が真っ赤に輝いた。

眼光の鋭い刺客もまた、数多い裏伊賀のかしらの息子だった。

「ぬんっ」

手負いの刺客の剣を、風はさっとかわした。

代わりに鬼市が素早く間合いを詰め、忍び刀で受けた。

火花が散る。

刺客は最後の力を振り絞り、さらに上段から剣を振り下ろしてきた。

人とは思えぬほどの力だ。

またがしっと受け、身を放す。
ここで手裏剣の毒が回ってきた。
脳天にも剣が突き刺さっている。
さしもの刺客も、動きが緩慢になった。
いまや！
鬼市は前へ踏みこんだ。
忍の剣が一閃《いっせん》した。
刺客の首は、血しぶきを上げながら宙に舞った。
真っ赤な目のまま虚空に舞った首が地に落ちる。
もう瞬きをすることはなかった。
刺客の目が赤から白へと変じていく。
そのさまを見て、鬼市は一つ息をついた。

第三章　診療所にて

一

「とにかく手当てだ」

竜太郎の様子を見て、新兵衛は口早に言った。

「しっかりおし」

志乃が気遣う。

竜太郎はかろうじてうなずいた。

花が止血の手当てをしたとはいえ、当座のものに過ぎない。まだ命の糸はつながっているが、いたって心もとなかった。

「鬼市」

新兵衛は忍を見た。

「霊岸島《れいがんじま》へ走れ。西條《さいじょう》先生につないでくれ」

新兵衛はそう命じた。

「承知で」

鬼市は短く答えると、もう走りだした。

霊岸島の長崎町《ながさきちょう》に西條寿一斎《じゅいっさい》という金瘡医《きんそうい》の診療所がある。酒呑《さけの》みなのは玉に瑕《きず》だが、腕は申し分がない。風が追っ手に深手を負わされたとき、左腕を切り落とす大手術を成功させて一命を救ってくれたのもこの医者だ。

「しっかりせよ、竜太郎。おれが運ぶ」

新兵衛が言った。

「兄上、兄上」

虎次郎が泣きながらすがりつこうとした。

「おまえは母上とともに屋敷へ帰れ」

新兵衛がすぐさま言った。

「さ、帰りましょう。おまえも大変な目に遭ったんだから」

志乃が気遣った。

「賊は二人だけなのかどうか」

新兵衛があたりを見渡して言った。

「なら、わたしが護衛に」

花が進んで手を挙げた。

「そうだな。頼む」

新兵衛はすぐさま言った。

「はい」

くノ一は小気味よく答えた。

「おまえはおれの護衛だ」

新兵衛は風に言った。

「承知で」

風が右手で髪をかき上げた。

「よし、行くぞ。背に乗れ、竜太郎」

新兵衛はしゃがんで背を向けた。

だが……。

父の背に乗ることすら、深手を負った竜太郎にはむずかしそうだった。

「兄上、しっかり」

涙声で弟が言う。

「ゆっくりでいい。右手を使え」

風が隻腕を動かし、どうにか新兵衛の背に乗せた。

「しっかり捕まっていろ。走るぞ」

新兵衛は気の入った声を発した。

竜太郎はこくりとうなずいた。

二

走る、走る。

忍が走る。

たまさかすれ違った者が目を瞠るほどの速さで、鬼市は江戸の大地を蹴って医者のもとへ急いだ。

診療所の戸はもう閉まっていた。

鬼市が続けざまに戸をたたくと、中から誰何《すいか》の声が響いてきた。

「だれだ」

西條寿一斎の声だ。

「八丁堀の城田屋敷の者です。ご長男が賊に左腕を斬られました。かなりの深手です。これから運びますので診《み》てやってください」

鬼市は息せき切って告げた。

ややあって、心張り棒を外す音がした。

戸が開いた。

「うっ」

鬼市は思わず後ずさった。

酒臭い息が漂ってきたからだ。

鬼市はまったくの下戸だ。奈良漬けひと切れでも具合が悪くなってしまうほどだから尋常ではない。八丁堀の忍の数少ない泣きどころだ。酒呑みの寿一斎の息はつらいものがあった。

「どこだ」

医者は平然と問うた。

顔がだいぶ赤い。もうかなり呑んでしまっているようだ。

「これから運んできます」

手で鼻と口を覆いながら、鬼市は答えた。

「白田《しらた》屋敷のあるじが、やられたのか」

医者の呂律《ろれつ》はあまり回っていなかった。

「白田ではなく、城田です。屋敷のご長男が賊に左腕を斬られました」

鬼市は早口で告げた。

「どこにいる」

寿一斎は酔眼でうしろを見た。

ここで医者の助手をつとめている息子が手を拭きながら出てきた。こちらは呑んでいない。

「いま、あるじの城田新兵衛が背に負うて運んでいます。おっつけ着いたら、すぐ診てやってください。かなりの深手です」

半ばは助手に向かって、鬼市は必死に言った。

「いま来るのか」

酔っている医者は足元すらおぼつかなかった。

「こちらへ向かっているそうです。これを呑んで待っていましょう」

助手でもある息子が柄杓《ひしやく》を持ってきた。

「おう」

寿一斎はそれを呑み干すと、いくらかよろめきながら中に入った。

まだ酒臭い息が漂っていた。

それを手で払うと、鬼市も続いた。

三

「もうすぐだ。助かるぞ」

半ばはおのれを鼓舞するように、新兵衛は背に負うた息子に言った。

返事はない。

息も弱々しく感じられた。

「竜太郎、しっかりいたせ」

新兵衛は必死だ。

「西條先生なら、助けてくれるぞ」

並走しながら、風が励ました。

おのれも危ういところを助けてもらった。深酒さえしていなければ、江戸でも指折りの腕だ。

「気張れ、竜太郎」

背に負うたわが子の重みを感じながら、新兵衛は足に力をこめた。

診療所の前に人影があった。

「鬼市」

風が真っ先に気づいて声をかけた。

「いま酔いを醒《さ》ましてる。大丈夫や」

遠くから声が返ってきた。

「酔ってるのか」

足を速めながら、新兵衛が吐き捨てた。

「多少酔っていても大丈夫で」

と、風。

「先に行ってつないでくれ」

新兵衛は命じた。

「はっ」

風は急に足を速め、診療所の前で待つ鬼市のもとへ走った。

「どや？」

鬼市は短く問うた。

「息はあるが、虫の息や」

風の顔がゆがんだ。

「来たか」

寿一斎が顔を覗かせた。

鬼市が鼻に手をやる。

まだ酒臭かったが、医者の目にはたしかな光が宿っていた。

四

またここで酒を呑むのか、と鬼市は思った。

だが、違った。

西條寿一斎は、口にたっぷり含んだ酒を竜太郎の傷に勢いよく吐きつけた。

「目を覚ませ」

そう言うなり、また酒を含んで吐く。

「ううう……」

竜太郎がうめいた。

「しっかりいたせ、竜太郎」

新兵衛が枕元で言った。

「痛いか。生きてる証《あかし》だ」

寿一斎はそう言うと、竜太郎の上腕部をきつく縛り直した。

酒を呑んではいるが、かなりの力だ。

傷口をあらためると、金瘡医はまた酒を吹きつけた。

「うわっ」

竜太郎の顔がゆがんだ。

頑丈な脚が四方に付いた戸板の上に載せられている。血で汚れてもいいように、戸板には布が敷かれていた。

いざ手術となれば、縄で身をくくりつける。むろん、麻酔などはないから、時には凄惨な場になる。

「布を」

寿一斎は助手に言った。

「はい」

助手をつとめる息子が持ってきたのは、ただの布ではなかった。

薬草を刻んで伸ばしたものが塗られている。これを傷口に当てるのだ。

だが……。

その前に医者はある処置を施した。

「痛いぞ」

そう言うなり、寿一斎は針を突き刺した。

傷口を頑強な糸で縫うのだ。

竜太郎が悲鳴をあげた。

わらべにはつらい痛みだ。

「我慢しろ」

新兵衛が言った。

竜太郎は懸命に歯を食いしばって耐えた。

「あと少しだ」

寿一斎が励ます。

「気張れ。ここが峠だ」

父も声をかけた。

鬼市は風とともに見守るしかなかった。

どうか助かってくれ。

そう祈るばかりだった。

「よし」

寿一斎が傷口を縫い終えた。

目を瞠るほどの早業だった。

「しみるぞ」

そう言うなり、医者は薬草を塗りつけた布を貼りつけた。

ぎゃっ、と短い悲鳴をあげ、竜太郎は気を失った。あまりの痛みに耐えることができなかったのだ。

「しったりいたせ、竜太郎」

新兵衛の声が高くなった。

「このままでいい」

寿一斎が制した。

「昏々《こんこん》と眠り、高い熱が出る。目が覚めたら助かったと思え」

医者の眼光は鋭くなっていた。

「覚めないことも」

新兵衛が声を落とす。

「ある」

寿一斎は短く答えてから続けた。

「打てる手は打った。目覚めなかったら、さだめと思え」

新兵衛は無言でうなずいた。

「目が覚めたら助かるんですね？」

鬼市が横合いから訊く。

「まだ分からん。傷口の具合による。もし膿《う》んできたら、この男のようになるかもしれぬ」

寿一斎は隻腕の風のほうを手で示した。

「切り落とすのか」

と、新兵衛。

「心の臓がもてば助かる。その前に、傷口が首尾よくふさがってくれれば、切らずに済むだろう」

寿一斎は答えた。

かくして、手当ては終わった。

あとは待つしかなかった。

五

「さ、手拭を替えたわよ」

志乃が竜太郎に言った。

息子が案じられるから、花と屋敷の護衛役の風、それに大悟をはじめとする店子たちに後を託し、急いで診療所に駆けつけた。いま、水に浸《つ》けて絞った手拭を竜太郎の額に載せてやったところだ。

「まだ熱が高いな」

新兵衛が案じ顔で言った。

竜太郎は昏々と眠っている。その胸がわずかに動いているから、息があることは分かる。

「どうしよう、替える端から乾いていく」

さしもの志乃もかなり動揺していた。

「身の内の悪い気を出している熱だ。そう考えろ」

新兵衛はそう言うと、ふっと一つ息をついた。

志乃がうなずく。

しばらく重い間があった。

「ところで……」

志乃は鬼市のほうをちらりと見てから続けた。

「これまでの刺客は市兵衛、いえ、鬼市を狙ってきました。さりながら、こたびは卑劣にもわが子が狙われ、深い傷を負ってしまいました」

志乃は戸板の上の竜太郎を見た。

「うむ」

新兵衛が一つうなずく。

「この先、二の矢、三の矢が放たれてくるやもしれぬと思うと、たいそう落ち着かぬ心持ちになってまいります」

志乃は包み隠さず懸念を示した。

「すまんことで」

鬼市が唇を噛んで頭を下げた。

「おまえが謝らずともよい」

新兵衛は八丁堀の忍をかばった。

そして、竜太郎のほうを見やってから続けた。

「おれにかねての思案がある。いずれ切り出さねばと思っていたのだが、ここで話すことにしよう」

新兵衛のまなざしが勁《つよ》くなった。

「はい」

志乃が短く答えた。

「こたびは裏伊賀からの刺客によって竜太郎が深手を負った。されど、わらべを狙うのは、やつらが常日頃から行っている悪行だ。この鬼市も、近在の村からさらわれ、隠れ砦に連れていかれていやおうなく忍の修行をさせられたと聞いた」

新兵衛は鬼市のほうを手で示した。

「むろん、さらわれたのは鬼市ばかりではない。花も、風も、同じように近在の村からさらわれたのだ」

新兵衛は言った。

「わいらだけと違います。なんぼおるか分からんくらいの数のわらべが、無理やりさらわれて親きょうだいと離ればなれにさせられたんや」

鬼市の声に怒気がこもった。

「親御さんのお気持ちを考えると、胸が痛みます」

志乃は胸に手をやった。

「こやつのように裏伊賀の隠れ砦から抜け出せたのは、ほんのひと握り、いや、あとから風も続いたが、鬼市が初めてだったかもしれぬ」

新兵衛が言った。

「花は刺客として放たれてきたのですからね」

志乃がうなずく。

「そうだ。いまはすっかり憑《つ》き物《もの》が落ちているが」

と、新兵衛。

「隠れ砦から抜け出そうとして死んだやつはたくさんいます。修行で命を落としてしもたやつも」

鬼市の脳裏に、亡き友の顔が浮かんだ。

鳥丸だ。

その命をこの手で奪ってしまったのは、ほかならぬ鬼市だった。

「恐ろしい所業です」

志乃は眉間にしわを寄せた。

「悪のための悪ではないところが、またたちが悪い」

新兵衛も顔をしかめた。

「と言いますと？」

志乃が問う。

「裏伊賀の礎を築いたのは、おれが嫌気を差して配下から逃れた鳥居耀蔵だ。あやつの考えとしては、あくまでも日の本のために意のままに操れる人体兵器を量産しようという肚づもりだ。そういう大義の前には、子をさらわれた親の悲しみなどは小事に過ぎぬのだろう」

新兵衛は吐き捨てるように言った。

「そんな国やったら、滅びてしもたらええ」

鬼市の声に力がこもった。

「おれもそう思う」

新兵衛はすぐさま同意した。

「人の子をさらい、厳しい修行の果てに人体兵器に仕立て上げる。それを日の本を護るために役立てる。そういう大義名分のようだが、根底から間違っている。日の本でまず護るべきなのは、そこに住まう民ではないのか。その民の子を勝手にさらい、無理やり忍の修行を積ませるなど言語道断だ」

新兵衛は語気を強めた。

「しかも、その修行でなんぼ殺められたか分からへん」

鬼市は「殺められた」に力をこめた。

「その元を断たねば、この先も泣く者が出る。それに……」

新兵衛はまた竜太郎のほうを見てから続けた。

「そなたも言ったとおり、刺客の二の矢、三の矢が放たれてくるやもしれぬ。裏伊賀の元を断てば、そういう気遣いもなくなるだろう」

新兵衛は少しずつ話を本丸へと進めていった。

「元を断つと」

志乃の表情が一段と引き締まった。

「そうだ。このまま手をこまねいていたら、また矢が飛んでくる。その源をたたかねばならぬ」

新兵衛は右の手のひらに左のこぶしを打ちつけた。

「いま、このときにも、どこぞの村でわらべがさらわれてるやもしれん。そう思うと、胸が痛《いと》うなります」

鬼市がおのれの胸に手をやった。

「近在の村からは人気《ひとけ》が絶え、裏伊賀は遠くまでわらべをさらいに行っているらしい。放っておけば、災いが続く。悲しみの環《わ》が延々とつながっていくのだ」

新兵衛の言葉に力がこもった。

「その環を断つと」

志乃の眉間にわずかにしわが寄った。

「そのとおり。裏伊賀の隠れ砦を落とし、悪《あ》しき者を根絶やしにして、囚われの者たちを解放する。それがおれの望みだ」

新兵衛ははっきりと告げた。

「討伐隊をつくって、裏伊賀を攻める段取りで」

鬼市も言う。

「討伐隊を……」

志乃はつばを呑みこんだ。

「頭数はそろってきた。まずおれに、忍が三人いる」

新兵衛が鬼市のほうを見た。

「わいと颪と花が行きます」

八丁堀の忍が言った。

「道場の師範代、良知大三郎と、門人の朝比奈源太郎はともに旗本の子弟だ。やがては婿の口を探し、家を出ねばならぬ。そういう境遇であることもあり、討伐隊への参加に快く応じてくれた」

新兵衛がさらに言う。

「そこまで話が進んでいたのですか」

志乃が意外そうな顔つきになった。

「そうだ。同心のときに手下をつとめてくれた双子の十手持ち、松吉と竹吉も加わる手はずになっている」

新兵衛はそう伝えた。

「もちろん、槍の大悟はんも出ます。山のいくさに備えて、短めの槍を持っていくそうです」

鬼市が身ぶりをまじえた。

「でも、みな出払ったら、屋敷の備えはどうなります？　入れ違いに刺客が襲ってきたらどうします？　わたしの薙刀では太刀打ちできませんよ」

志乃は口早に言った。

「それについては、思案がある」

新兵衛は答えた。

「どんな思案です？」

志乃は問うた。

「初めは祥庵先生も討伐隊に加わってもらうつもりだった。医者としては藪《やぶ》もいいところだが、易者としては江戸でも指折りだからな。難攻不落の敵の隠れ砦をいつどこからどうやって攻めればよいか、折にふれて卦《け》を立てて占ってもらうつもりだった。さりながら……」

新兵衛は一つ咳払《せきばら》いをしてから続けた。

「それでは、そなたが懸念するとおり、屋敷の備えが薄くなってしまう。残る店子は絵師の道洲先生だけだからな」

「道洲先生にはかつて手裏剣を伝授しましたが、それだけでは弱いので」

「そこで、ひとたびは帯同を頼んだ祥庵先生に居残ってもらおうと思う。そして、屋敷に危難が近づいていないか、日々占ってもらうようにするのだ」

新兵衛が見通しを示した。

「もし危難が迫っているという見立てが出たら……」

志乃の眉間のしわが深くなった。

「そのときは、すまぬが子供たちをつれ、実家《さと》へ身を寄せてくれ。そこまでは手が回っておらぬだろう。留守居役の道洲先生と小者の末松《すえまつ》にもよく言っておく」

新兵衛は志乃の目をまっすぐ見て言った。

しばらく間があった。

鬼市もじっと待った。

「……分かりました」

志乃はのどの奥から絞り出すように言った。

「分かってくれたか。すまぬ」

新兵衛がわびる。

「その代わり」

志乃のまなざしが勁くなった。

「必ず志を果たし、生きて再びここへお戻りくださいまし」

志乃は畳を指さした。

「相分かった」

新兵衛の声に力がこもった。

「むざむざと死にはせぬ。諸悪の根源たる裏伊賀をたたきつぶし、もう泣く者が出ぬようになれば、おれは必ず帰ってくる」

女房に向かって、元同心は力強く請け合った。

「わいらは死ぬ気でやります。身を盾にしてお護りしますんで」

鬼市も和す。

「四人の子が待っています」

志乃は落ち着いた声音で言った。

「くれぐれも無理はなさらぬように」

「承知している。退《ひ》くべきときは退き、態勢を整え直して機をうかがうつもりだ」

新兵衛は答えた。

間があった。

志乃は竜太郎のほうを見た。

まだ高熱を発して昏睡《こんすい》している長男を気づかわしげに見た。

「いずれにせよ、竜太郎が本復してからだ。その話はまた改めて」

新兵衛が言った。

「はい」

志乃は短く答えた。

第四章　火天大有の卦

一

竜太郎は一命を取りとめた。

新兵衛も志乃も、二日間寝ずの番で見守っていた。

わが子がようやく目を開いたときは、心底ほっとしたものだ。

「気がついたか、竜太郎」

新兵衛が声をかけた。

竜太郎は瞬きをした。

「父上……母上……」

かすれてはいるが、しっかりした返事だった。

鬼市も駆け寄った。

竜太郎の目には、たしかな光が宿っていた。これなら大丈夫だ。

「良かったわね、竜太郎」

志乃は目元に指をやると、わが子の額に手をやった。

「熱もだいぶ下がったわ」

志乃は笑みを浮かべた。

「先生を呼んできてくれ」

新兵衛は鬼市に言った。

「はっ」

鬼市はただちに動いた。

ややあって、西條寿一斎が姿を見せた。

ゆうべの酒がまだ残っているらしく、顔には赤みが残っている。

「気がついたか」

医者は言った。

「はい、おかげさまで」

志乃がていねいに一礼した。

「傷口を診よう」

寿一斎は脚付きの戸板に近づいた。

「痛いぞ。我慢しろ」

そう言うなり、寿一斎は竜太郎の左腕をあらためだした。

「ううっ」

竜太郎の顔がゆがむ。

「我慢しろ」

新兵衛も声をかけた。

「膿みそうにはないな」

寿一斎は言った。

「ならば、切り落とすことはないと」

志乃がたずねた。

「ああ。この男のつれのようにせずとも良さそうだ」

金瘡医は答えた。

風のことだ。隻腕の抜け忍は、屋敷の備えのために戻っている。

「切らずに済むそうだ」

新兵衛が言った。

「はい」

竜太郎は小さくうなずいた。

その後もしばし診立てが続いた。

「いいだろう」

寿一斎は言った。

「傷口がふさがり、熱が下がるまではなおしばしここにいてもらう。屋敷に戻ったあと、機を見て糸を抜けば終いだ。まだ痛い目に遭うぞ」

医者はおどした。

「我慢できるな？」

新兵衛が問うた。

「はいっ」

竜太郎の声には力がこもっていた。

二

それから幾日か経《た》った。

「まあ、不幸中の幸いでしたな」

高澤祥庵がそう言って、白石を置いた。

「あとは糸を抜くだけなので、ひと安心です」

新兵衛が黒石を置き返す。

医者の診療所だが、待っている患者などいない。悪名高い藪だから、恐れをなしてだれもやってきたりはしなかった。

屋敷に医者がいれば心強かろうと入ってもらったのだが、物事はそううまくいかぬもので、祥庵はとんでもない藪だった。

はて、風邪《ふうじゃ》でござりましょうか、などと患者の前で首をひねるのが常で、怪しげな煎じ薬をのまされて腹をこわした者も数知れなかった。あまりにも当てにならぬから、志乃は子の具合が悪くなったらこっそりよその医者にかかっているほどだ。

かように本業の医者はいたって頼りないが、当人は余技のつもりの易者としてはきわめて優秀だった。これまでに祥庵の見立てに助けられたことは一再ならずある。

「それにしても、留守居役も大役です」

祥庵が言った。

例の話はすでに告げた。

ひとたびは討伐隊に加わることを承諾した祥庵だが、内心はいささか後悔していたようだ。ほかの面々と違って、武器を操ることができない。真っ先にやられるとしたらおのれだ、と夜中に飛び起きることもあったらしい。

討伐隊から離れ、易者の腕を活《い》かして屋敷の備えをし、危難の雲が近づいてきたら子供たちを志乃の実家《さと》へ逃がしてほしい。

そう頼んだところ、祥庵の顔にはほっとしたような色が浮かんだ。

「どうかよしなに。用心棒役としてわが道場の門人も寝泊まりさせますが、危難の察知に関しては祥庵先生だけが頼りなので」

新兵衛は頭を下げた。

「承知しました」

祥庵は一つうなずくと、急所に白石を打ちこんだ。

「祥庵先生の見立てが命綱のごときものです。ついては……」

新兵衛は黒石を置いてから続けた。

「それとはべつに、新たな見立てをお願いできればと。討伐隊が出陣する期日はいつが良いか、そこまで分かればいろいろと段取りを立てやすいので」

「なるほど。では、一局終わってから卦を立てましょう」

祥庵は快く請け合った。

かつては好勝負だったのだが、患者が来なくて暇をもてあますことが多い祥庵が腕を上げ、いまは二子でもいい勝負になっていた。

終盤に猫三郎《ねこさぶろう》が忍び足でやってきて、あわや台無しになるところだったが、どうにか事なきを得た。

城田屋敷に棲みついた猫で、碁石で遊ぶのが大好きだ。これまでも勝負が佳境に入ったところで碁盤をぐちゃぐちゃにされたことがあった。

「細かいですな」

小ヨセを打ちながら、祥庵が言った。

「少し黒が厚いかなと」

新兵衛は小首をかしげた。

ほどなく打つところがなくなり、駄目詰めになった。

地を数え終わった二人の顔に笑みが浮かんだ。

持碁《じご》（引き分け）だったからだ。

三

筮竹《ぜいちく》を握ると、祥庵の顔がぐっと引き締まった。

患者の脈を取ったときの顔とは雲泥の差だった。医者が自信なげに首をひねると、患者の不安はおのずと高まる。

一方、易者としては江戸でも指折りだ。浅草寺《せんそうじ》の門前に看板を出せば、「今日は祥庵先生が来ている」という噂《うわさ》がたちどころに広がり、占いを所望する者の列が長く伸びるほどだった。

ならば、易者としてやっていこうと考えそうなものだが、「わが志は医術にあり」と頑として言い張り、占いはたまにしかやらないのは江戸の民にとっては惜しみても余りあるものがあった。

占いの場には、忍たちもそろっていた。

鬼市も花ばかりでなく、風も珍しく正座をして祥庵が卦を立てるのを見守っている。

場には張りつめた気が漂っていた。

いますぐ発《た》つべし。

そんな見立てが出たら、急ぎ支度を整えねばならない。

新兵衛にもまだやることが残っていた。

志乃の了解は得たが、子供たちには告げていない。なぜ行かねばならぬのか、裏伊賀を討たねばならぬのか。おそらく泣くであろう子供たちに、噛んで含めるように説明しなければならない。

道場の引き継ぎもある。良知大三郎と朝比奈源太郎が抜けた穴をどう埋めるか。ほかにも剣士はいるから、志乃とともに後を託す肚づもりだが、引き継ぎには時がかかる。さすがに急に発つことは難しい。

思い思いの考えを胸に見守っているうち、占いが佳境に入った。

祥庵の指が小気味よく動く。

「ぬんっ」

気の入った声が放たれた。

卦が出た。

祥庵はいくたびも続けざまに瞬きをした。

易者の顔を、新兵衛も忍たちもじっと見ていた。

出たのは果たして良い卦か、はたまた悪い卦か。裏伊賀の討伐隊に成算はあるのかどうか。

その表情から読み取ろうとした。

「いかがでしょう」

新兵衛が待ちきれぬとばかりに問うた。

「なかなかに良い卦が出ております」

祥庵が笑みを浮かべた。

ほっと一つ、花が息をつく。

「いかなる名の卦で？」

新兵衛はさらに問うた。

「火が天に大いに有り」

祥庵は張りのある声で答えた。

「約《つづ》めて、火《か》天大有《てんたいゆう》の卦です」

易者としては優秀な男が告げた。

「火天大有の卦」

新兵衛が復唱する。

「それはどういう卦でしょうか」

今度は鬼市がたずねた。

「火天とは天上の火」

祥庵は指を上に向けた。

「すなわち、天において日が燦々《さんさん》と輝いているさまだ。天上にて日が明るい光を放っておれば、おのずと行く手がくきやかに見える」

易者は言った。

「なるほど、それは良い卦ですね」

新兵衛が笑みを浮かべた。

「大有は？」

風が口を開き、短く問うた。

「大いに有《たも》つ。いろいろなものを所有できるという卦だな。これもいい」

易者は満足げな顔つきで答えた。

「多士済々の討伐隊のごときものですな」

新兵衛は手ごたえありげに言った。

「まことに。良い卦が出てほっとしました」

祥庵は胸に手をやった。

「なら、裏伊賀はたたきつぶせると」

鬼市が手のひらに拳《こぶし》を打ちつけた。

「その見込みはある。ただ……」

祥庵の表情が陰った。

「ただ？」

鬼市は先をうながした。

「何か懸念があると」

新兵衛が身を乗り出す。

「出た卦は上々ですが、満つれば欠ける月のごときもので、日がいま高く昇っているということは、そのうち沈んでいくということでもあります。昼は必ず夜になる。少なくとも、討伐隊の出立に関しては上々なる卦が出ましたが、これはその先を保証するものではありません」

易者はクギを刺すように言った。

「なるほど、当初は行く先々で卦を立てていただく段取りだったゆえ」

新兵衛がうなずく。

「この屋敷を護るために、わたしは居残ることになりましたので」

と、祥庵。

「むろん、それが一番の大事《だいじ》ですから」

新兵衛が言った。

「なら、出陣のあとは……」

花が不安げな顔つきになった。

「易者は討伐隊にいないので」

笹竹をいったん片づけながら、祥庵が言った。

「みなで力を合わせ、知恵を絞り、気を奮い立たせながら戦っていくしかあるまい」

肚をくくった顔つきで、新兵衛は言った。

「気張っていきましょう」

鬼市が言った。

「そうだな」

新兵衛の表情がいっそう引き締まった。

「で、出立に良い日取りを占っていただきたいのですが」

今度は祥庵を見て言う。

「承知しました。占いましょう」

易者は再び筮竹を握った。

ほどなく、見立てが示された。

祥庵が示したのは、いくらか間を置いた吉日だった。

かくして、裏伊賀の討伐隊の段取りが大きく前へ進んだ。

四

「泣くな、虎次郎」

兄の竜太郎が言った。

抜糸も終わり、だいぶ元気になった。まだ左腕を動かすと少し痛みはあるようだが、そのうち癒えるだろう。

「兄上……」

虎次郎はべそをかいていた。

無理もない。

父の新兵衛が三人の忍などとともに裏伊賀の討伐隊を結成し、隠れ砦に攻めこむという話を告げられたところだ。祥庵の見立てが良かったから、成算は充分にあると力説はしたが、子供たちにとっては寝耳に水の話だった。

虎次郎ばかりではない。春乃と花乃も沈痛な面持ちで、必死に涙をこらえている様子だった。

「すまぬな」

話を伝えたあとにも言ったが、新兵衛は重ねてわびた。

「父上はそなたのようなわらべを救うために立つことにしたのですよ」

志乃が虎次郎に言った。

「そうだ」

新兵衛は一つうなずいてから続けた。

「裏伊賀は近在の村、いまはかなり離れたところからもわらべをさらい、忍の卵として育てている。ここにいる三人は、すべてそのように親元からさらわれてきた者たちだ。ゆえに、親きょうだいの顔を知らぬ」

元同心は三人の忍を手で示した。

「こうして裏伊賀から逃れられた者ばかりではないようです」

志乃が言った。

「逃げられたのは、この三人だけかもしれん」

鬼市が口を開いた。

「あとの人は？」

春乃がたずねた。

「狼に食われたり、鉄砲で撃たれたり……」

鬼市はいくらかあいまいな顔つきで答えた。

「修行の途中で、あまたの忍の卵があえなく落命してきた。人を人とも思わぬ鬼畜の所業だ。それをやめさせ、わらべたちの命を救うために立つことにしたのだ」

新兵衛の声に力がこもった。

「お上がやめさせるわけにはいきませんか」

竜太郎が問うた。

「それがな」

新兵衛は苦笑いを浮かべてから続けた。

「裏伊賀の礎を築いたのは、だれあろう、いまの南町奉行の鳥居甲斐守なのだ」

父はそう明かした。

「お奉行さまが？」

竜太郎の顔に驚きの色が浮かんだ。

「なにゆえ、お奉行さまがそんな悪いことを」

花乃が眉をひそめた。

「悪いことだとは思っておらぬのだ。それゆえ、たちが悪いとも言える」

新兵衛はそう答えて、茶を少し啜った。

「わらべをさらうのが悪いことではないと？」

春乃もきっとした顔で言う。

「そうだ。鳥居の目論見《もくろみ》は、人体兵器となる忍を裏伊賀の隠れ砦で次々に養成し、幕府を護るために使うことだ。名うての外つ国嫌いゆえ、国防のために使うという考えもあるだろう。そういった鳥居にとっての大事の前には、わらべの命だの、子をさらわれた親の悲しみなどは小事にすぎないというわけだ」

新兵衛は顔をしかめた。

「人の悲しみなんぞ、どうでもええと思てんのや」

鬼市が吐き捨てるように言った。

「まったくそうだ。大切なわらべの命と親の思いを何と考えているのか」

新兵衛がすぐさま応じた。

その言葉を聞いて、竜太郎は小さくうなずいた。

「『死ね、弱いやつは死んだらええ』。これが裏伊賀のかしらの口癖や」

鬼市が声色を遣った。

「本当にどんどん死んでいくの、忍の卵は」

花が双子の娘に言った。

「足りなくなってくると、またわらべをさらいに行く。十八まで生き延びた者だけが江戸の氏神様《うじがみさま》に会う。それから、諸国に赴き、人を殺めたりするつとめをする。おれはそこから逃げた」

風がおのれの胸を軽くたたいた。

「裏伊賀がつくり出した人体兵器があれば、幕府のためにはなるかもしれぬ。しかしながら……」

新兵衛は座り直して続けた。

「決して世のため人のためにはならぬ。いや、逆だ。裏伊賀があるかぎり、どこかで人が嘆き悲しむ。おれはその環《わ》を断ち切ってやりたいのだ」

元同心の声に力がこもった。

「諸悪の根源は裏伊賀や。その隠れ砦をどうあっても攻め落とさなあかん」

鬼市の声に力がこもった。

「乾坤一擲《けんこんいってき》のいくさになる。むろん、負けはせぬ。志を果たし、必ず生きて帰ってくる」

女房と子供たちの前で、新兵衛は力強く言った。

「父上はわらべたちを救いに行くのです。いつまでもめそめそしていてはいけません」

志乃が言った。

虎次郎が涙目でうなずいた。

「みな仲良くして待っておれ。何も案ずることはない。もし暗雲が迫ってきたら、母上の実家《さと》に逃げよ」

新兵衛はそう申し渡した。

「はい」

「承知しました」

双子の娘がだいぶ落ち着いた顔つきで答えた。

「父上」

竜太郎が少しひざを詰めた。

「何だ」

新兵衛が長男の顔を見る。

「それがしも行きとうございます。手傷を負わされたのは大いなる不覚、その恥を雪《すす》ぎたく存じます」

竜太郎は引き締まった顔つきで告げた。

「竜太郎」

志乃がなだめる。

「あなたはまだ傷の養生をしなければならない身ですよ。それに、忍が相手では足手まといになるだけです」

母はぴしゃりと言った。

「志乃の言うとおりだ」

新兵衛はすぐさま言った。

「おまえの気持ちは分かるが、まだ太刀打ちできる相手ではない。討伐隊は三人の忍に、道場の剣士が二人、おれの手下だった十手持ちが二人、それに棒術の達人の大悟も加わる。一騎当千の選《え》りすぐりの顔ぶれで裏伊賀の隠れ砦を攻め落とすのだ。おまえが加わる余地はない」

父にもそう言われた竜太郎は唇を噛んだ。

「屋敷の備えがあるでしょう。そちらで力を」

志乃がいくらか表情をゆるめた。

「おう。それがいちばん大事なつとめだ。しっかり頼むぞ」

新兵衛も白い歯を見せた。

「……心得ました」

まだ少し不服そうな顔つきだが、竜太郎はそう答えた。

五

いよいよ出立が近づいたある晩――。

新志館の最寄りの蕎麦屋、巴屋の座敷が貸し切りになった。

引き継ぎの宴《うたげ》だ。

新兵衛と棒術の明月院大悟、師範代の良知大三郎にその好敵手の朝比奈源太郎、これだけの面々がまとめて江戸を離れるにあたっては、まことしやかな話をつくっておいた。

剣術の腕を磨くために、伊賀の山中で山稽古をする。諸国から剣士たちが腕を磨きに来る世に知られぬ道場へ赴き、みっちりと稽古を積む。そして、帰りは伊勢参《いせまい》りをして江戸へ戻る。

ただし、城田屋敷の用心棒役として白羽の矢を立てた旗本の子弟の剣士には、包み隠さず仔細《しさい》を伝えておいた。

祥庵の見立てで危難の雲が見えれば、志乃が子をつれて実家《さと》へ逃げる。そういう段取りになっているとはいえ、やはり屋敷に祥庵と道洲だけでは心もとない。しっかりした用心棒役がいればひとまず安心だ。

「よろしゅうございますな。それがしも行きとうございました」

道場の留守を預かるべつの剣士が残念そうに言った。

「さぞや良き稽古になりましょう」

もう一人の剣士が和す。

「帰りが伊勢参りとはまた」

「それがしもまだ参ったことがないもので」

居残り組はうらやましそうに言った。

「物見遊山に行くわけではないぞ。世に知られぬ道場の稽古は厳しく、怪我《けが》を負うことも多々あるようだ」

新兵衛は告げた。

道場ならぬ裏伊賀の隠れ砦を攻めるにあたっては、覚悟を決めねばならない。命の危険は承知の上だ。命は助かっても、大きな怪我をすることもあるだろう。江戸へ戻ってきた痛々しい姿を見て驚かれぬよう、ここで先手を打っておいた。

「はっ。相済まぬことで」

「どうかご無事で」

居残り組は神妙な面持ちになった。

天麩羅《てんぷら》と蕎麦が来た。箸を動かし、杯を重ねながら宴はさらに進んだ。

「江戸の蕎麦も食い納めかのう」

明月院大悟がそう言って、角《かど》の立った蕎麦を啜った。

「なに、つとめを終えて江戸に戻れば、いくらでも食せましょう」

良知大三郎が言う。

「そのつもりで行かねば」

朝比奈源太郎が、半ばはおのれに言い聞かせるように言った。

「ならば、志乃と相談しながら、道場を切り盛りしてくれ」

宴の締めくくりに、新兵衛は言った。

「はっ」

「心得ました」

居残り組の剣士たちがいい声で答えた。

六

その日が来た。

裏伊賀の討伐隊に加わる者たちが城田屋敷に集まってきた。

あるじの城田新兵衛、忍の鬼市、花、颪、店子の明月院大悟、新志館の師範代の良知大三郎、剣士の朝比奈源太郎、双子の十手持ちの松吉と竹吉、総勢九人だ。

見送るほうは、志乃と四人の子供たち、小者の末松、店子の高澤祥庵と狩野川道洲。八人がそろった。

討伐隊とはいえ、目立つ恰好《かっこう》は避けねばならない。べつに白襷《しろだすき》のたぐいを架け渡しているわけではなかった。槍の名手の明月院大悟が小ぶりの槍を携えているのが目を引く程度だ。

ただし、忍はそれぞれに忍び刀を持ち、嚢《ふくろ》を背負っていた。その中には予備の手裏剣や忍び道具や火薬などが詰めこまれている。出陣の前に、手を尽くしてできるかぎりの備えはしておいた。

「では、あとを頼むぞ」

新兵衛が志乃に言った。

「はい」

引き締まった表情で、志乃が短く答える。

「頼みます、祥庵先生」

今度は祥庵に言う。

「毎日のように卦を立てて、危難が迫ったらすぐ逃げる段取りを整えますので」

祥庵が答えた。

「われらは必ず江戸へ戻ってくるが、故郷へ帰る忍たちはこれで恐らく永の別れになる。何か言っておくことはないか」

新兵衛が訊いた。

「お世話になりました」

花がまず頭を下げた。

「本当に、何から何まで」

これまでのことを思い出し、くノ一は感慨深げな面持ちで言った。

「こちらこそ。子の相手など、いろいろありがとう」

志乃が礼を述べた。

「裏伊賀で過ごして硬くなった心がやわらぎました。ありがたく存じました」

花はそう言ってまた頭を下げた。

「達者でね」

志乃が笑みを浮かべた。

「はい」

花も笑みを返した。

仲良くなった春乃と花乃は少し涙目だ。

「世話になりました」

鬼市が感慨を込めて頭を下げた。

ここ八丁堀に来るまでは、何も知らなかった。抜け忍はこの町で初めて涙を流した。人の情というものを知った。

しかし……。

その暮らしも今日で終わりだ。

「いよいよ故郷へ帰るのね」

志乃がしみじみと言った。

「はい」

鬼市がうなずく。

「親御さんが見つかるといいわね」

情をこめて、志乃は言った。

「その前に、裏伊賀を倒さんと」

鬼市の声に力がこもった。

「気をつけて」

志乃はそう言って送り出した。

風は何も言わなかった。黙って頭を下げただけだった。

裏伊賀は討つが、故郷に帰るつもりはない。

隻腕の抜け忍はかねてそう言っている。

「よし。長々と別れを惜しんでいても致し方ない。行くぞ」

かしらの新兵衛が言った。

「おう」

双子の十手持ちの声がそろった。

「どうかご無事で」

道洲が声をかける。

「気張ってくるんで」

大悟が軽く右手を挙げた。

「道場をよしなに」

師範代の良知大三郎が志乃に言った。

「承知しました。無事のお戻りを」

志乃は答えた。

かくして、討伐隊は城田屋敷を出た。

いよいよ長い旅が始まった。

第五章　秘本と刺客

一

「またしくじったんか」

裏伊賀のかしらの目の色が赤く変じた。

「搦め手からの攻めも、残念ながら不発だったようです」

江戸から着いたばかりの右近《うこん》が言った。

氏神様こと、鳥居甲斐守耀蔵と裏伊賀とのつなぎ役を一手に引き受けている男だ。行者姿で道なき道も凄《すさ》まじい速さで進むことができる。

「せっかくの知恵やったんですが」

指南役の嘉助があいまいな顔つきで言った。

「忍をかくまっている元同心の子に傷を負わせたようですが、刺客は返り討ちに遭い、子も助かったようです」

右近は伝えた。

「焼き殺してしまえ。屋敷ごと燃やしてしもたらええねん」

高尾の南は荒っぽいことを口走った。

「そこまで派手なことはできませんので」

つなぎ役を担っている男が、やんわりとたしなめるように言った。

「なら、どうする。三人も抜けよって」

裏伊賀のかしらは鉤爪《かぎづめ》のようになった指を三本示した。

「江戸詰の忍に見張らせたところ、異な動きが耳に入りましてな」

行者姿の男はおのれの耳に手をやった。

「ほう、異な動きとは？」

指南役が身を乗り出した。

「それが……江戸から討伐隊を組んで、この裏伊賀を攻めようという動きでして」

右近はややあいまいな顔つきで答えた。

「討伐隊やて？　かしらはだれや」

高尾の南は問うた。

「城田新兵衛」

つなぎ役の男はまずそう答えた。

「同心が忍と町方を引き連れて来るのか」

裏伊賀のかしらがなおも問うた。

「いえ。城田新兵衛はわが殿、鳥居甲斐守様とそりが合わず、若隠居を願い出でてすでに町方をやめております。屋敷にかくまっていた忍と、道場の門人、それにかつての手下などが加わる模様です」

右近は伝えた。

「なんや、そんだけか。なんぼほどや」

高尾の南は馬鹿にしたような顔つきになった。

「おおよそ十人ほどで」

「十人？　そんなん、赤子の手ェをひねるようなもんやないか」

裏伊賀のかしらは鼻で嗤った。

「さりながら、三人の忍が加わっておりますし、これまでの刺客はことごとく返り討ちに遭《お》うてしもたんで」

嘉助がやんわりとたしなめた。

こういうことが言えるのは、裏伊賀では指南役のこの男だけだ。

「この隠れ砦を攻めるつもりなんやろ？　わいがいるとこやで」

高尾の南はおのれの厚い胸板を指さした。

「たしかに、いままでとは比べものにはなりますまい。ただし、油断は禁物かと」

右近が言った。

「そんなん、途中でたたきつぶしたる。皆殺しじゃ」

裏伊賀のかしらは左の手のひらに右の拳を打ちつけた。

ばちーん、と震えあがるような音が響く。

「こちらから迎え撃つのはどんなもんかと。せっかく難攻不落の隠れ砦におるんですさかいに」

嘉助があごに手をやった。

「待っとったら、山に火ィ付けたりしかねん。抜け忍らが入ってるさかいにな」

高尾の南は腕組みをした。

「では、一つ秘策があります」

右近がにやりと笑った。

「秘策やて？」

裏伊賀のかしらは少し身を乗り出した。

「はい。かしらが御自ら山を下りて、敵を迎え撃つわけにもまいりますまい。そこで……」

右近は用意してあった風呂敷《ふろしき》包みを前に出した。

「これは殿から預かった秘蔵の書でございます。ここに恐るべき秘法が記されていることを、殿が気づかれましてな」

江戸とのつなぎ役の男が言った。

「氏神様は物知りやさかいに」

指南役がいくらか表情をゆるめた。

「日の本じゅうの書肆《しょし》から秘本を蒐《あつ》めておられますからな」

右近も笑みを浮かべた。

「で、どんな秘法なんや？」

高尾の南が焦《じ》れたように問うた。

「これから詳しくお伝えいたしましょう」

行者姿の男は風呂敷包みを解いた。

中から現れ出でたのは、古びた表紙の書物だった。

「だいぶ虫に食われてまんな」

嘉助がちらりと見て言った。

「何の値打ちもなさそうな書物に見えますが、わが殿は恐るべき秘法が記されていることを見抜いたのです」

右近は得意げな顔つきだ。

「読まんとあかんのか」

高尾の南はいくらかあいまいな顔つきで言った。

極め付きの忍術書の『万川集海《ばんせんしゅうかい》』くらいしか繙《ひもと》いたことがない男だ。

「いいえ。わたしがあとでくわしく解説し、秘法をお伝えいたしますので」

右近が笑みを浮かべた。

「そら、助かるわ。で、これは何ちゅう名の書物や？」

裏伊賀のかしらが指さして問うた。

江戸とのつなぎ役の男は、一つ間をおいてから答えた。

「『那言《なこと》写本』」

二

その晩は遅くまで秘法の指南が続いた。

「そんなことまででけるんか」

右近から講釈を受けた高尾の南の顔に驚きの色が浮かんだ。

「はい。殿も驚いておりました」

右近は表情を変えずに答えた。

「ほかの忍術書とはひと味違うな」

裏伊賀のかしらが興奮気味に言った。

「忍術書に記されているのは、存外に地に足の着いた術ばっかりですからな」

指南役の嘉助が言う。

「そや。相手には消えたように見えるけど、ほんまに消えてまうわけやない。種を明かしたらあほみたいな術ばっかりや」

高尾の南は答えた。

「八方出《はっぽうで》なんぞも、相手の頭に術をかけて、眠ったみたいにしといて、おのれの身がいくつもに分かれたみたいに見せかけるだけですさかいにな」

　嘉助がうなずく。

「そや。ほんまにおのれの身が何人もに分かれるわけやない」

　裏伊賀のかしらは冷ややかに言った。

「世に伝わっている忍術書に記されている術はそうでしょうが、いま伝授した『那言写本』の術は違いますので」

　右近はにやりと笑った。

「おお、違うな。大違いや」

　高尾の南は満足げに言った。

「わたしやったら、絶対でけまへんけど、かしらなら」

　指南役がお世辞をこめて言う。

「猪《いのしし》や鹿で精をつけとかなあかんな」

　かしらの目がまた赤く光った。

　隠れ砦に近い山で、仕掛けをしたり鉄砲を撃ったりして猪などを獲《と》る。その肉はもっぱらかしらが食して精をつけていた。

「ほな、ほんまにやりまんのやな？」

嘉助が念を押した。

「やる」

高尾の南は短く答えた。

「やりすぎないようにお気をつけください」

右近が言った。

「ああ、分かってる。向こうが十人くらいなら、その倍くらいでええやろ」

裏伊賀のかしらはそう言って、髑髏杯の酒を呑み干した。

「八丁堀の搦め手のほうの二の矢は？」

右近が訊いた。

また城田屋敷を襲うかどうかという問いだ。

「そやな」

高尾の南は腕組みをした。

「襲いまっか？」

指南役も問う。

「二回やったら、もう搦め手とちゃう。それに、恐れ知らずの討伐隊はもうこっちへ向かってるんやろ？」

さも忌々しそうに、高尾の南が言った。

「さようです」

右近が答える。

「そやったら、そっちを迎え撃つのが先や。わいのほうの術は、ついさっきあらましを聞いたばっかりやさかい、それなりに時はかかるけどな」

裏伊賀のかしらは腕組みを解いた。

「ならば、隠れ砦に近づくのを待ちますか」

右近がたずねる。

「いや、ちょっと考えがあるねん」

かしらは嫌な目つきになった。

「ほな、あの矢ァを放ちまっか」

案を聞いていた指南役がいくらか身を乗り出した。

「矢ですか」

と、右近。

「そや、人の矢や。いま牢《ろう》にいるさかい、見せたるわ」

裏伊賀のかしらはそう言って立ち上がった。

三

裏伊賀の隠れ砦は難攻不落だ。

截《き》り立った岩場の中に洞窟が縦横無尽に伸びている。そこにはかしらの居室もあれば地下牢もあった。

岩場は絶壁になっており、いかに忍でも乗り越えることはできない。草もほとんど生えていない荒涼たる光景だ。

隠れ砦の後ろは断崖で、恐ろしい狼が巣食っている。夜な夜なうなり声を響かせる狼たちは、決死の覚悟で崖を下り、沢づたいに逃げようとした者たちを容赦なく食い殺してきた。

外に通じる唯一の出口には物見櫓《やぐら》が建ち、交替で見張りをしている。鉄砲も持っているから、抜け忍はただちに殺められる。

そもそも、物見櫓まで至ることはできない。平生は跳ね橋が上がっており、鋭く尖《とが》った杭《くい》がびっしりと敷き詰められている。いかに忍でも、この上を通っていくことは無理だ。

鋭く尖った杭が用いられているのはここだけではなかった。忍の卵が鍛錬する場にも、少し小ぶりの杭が敷き詰められている。

丸太に脚を付けたものの上を、忍の卵たちが走っている。うっかり足を滑らせたら、転げ落ちて杭が刺さってしまう。

牢へ向かう前に、高尾の南はその修行の様子を右近に見せた。

「遅い！」

裏伊賀のかしらは、ひと目見るなり一喝した。

「なんや、そのへっぴり腰は。もっとちゃっちゃと走らんかい」

高尾の南の胴間声が響いた。

「しっかり走れ」

指南役の嘉助も和す。

右近は腕組みをして見守っていた。

「うわっ」

そのうち、声が響いた。

忍の卵が一人、足を滑らせて丸太から転げ落ちてしまったのだ。

「痛っ、刺さった！」

たちまち悲鳴があがる。

尖った杭の先が太腿《ふともも》にぐさりと突き刺さっていた。

「あほっ、何しとんねん」

かしらが怒った。

「手当ては？」

苦悶《くもん》の形相で血を流している忍の卵を見て、右近が問うた。

高尾の南は答えず、無言で忍に歩み寄った。

「深いな。ここはおまえみたいなあほを養生させたるとこやない」

傷を一瞥《いちべつ》した裏伊賀のかしらは、冷たくそう言い放った。

「おい」

べつの忍の卵を指さす。

「おまえ、このあほを狼の谷へ突き落してこい」

高尾の南は冷酷に命じた。

弱いやつは死ね、が口癖の男だ。情などは微塵《みじん》もない。

「お、狼の……」

命じられた忍の卵は蒼くなった。

「そや。もし逆ろうたらおまえも突き落したるぞ」

裏伊賀のかしらは指を鳴らした。

逆らうわけにはいかなかった。おのれも殺められる。

「堪忍してくれ。堪忍や」

嫌な役を命じられた忍は、しきりにわびながら傷ついた仲間を背負い、崖のほうへ向かった。

「やめてくれ、母ちゃん、母ちゃん」

忍の卵が泣き叫ぶ。

むろん、やめることはなかった。かしらの命《めい》には逆らえない。

ややあって、狼の谷へ突き落された手負いの忍の卵の絶叫が響きわたった。

叫び声はなおしばらく続いていたが、やがてふっつりと静かになった。

四

処分を見届けた高尾の南と指南役の嘉助は、砦に戻り、右近を牢に案内した。

「この洞窟は八幡《やわた》の藪知らずや」

裏伊賀のかしらは歩きながら言った。

嘉助と右近は蠟燭《ろうそく》が入った龕燈《がんどう》をかざしているが、高尾の南は何も手にしていなかった。怒ると赤い目になる男は、闇の中でも自在に歩くことができる。

「牢をつくるにはもってこいです」

右近が言った。

「ときどき入れたことを忘れてまうけどな」

高尾の南は平然と言った。

「すると、どうなります」

江戸とのつなぎ役が問う。

「飢え死にしたり、気がふれたり、まあいろいろや」

裏伊賀のかしらが平然とそう答えたとき、闇の奥から声が聞こえてきた。

わいがいちばんや……

みな殺めたる……

どっからでもかかってこい……

そのあとは哄笑《こうしよう》になった。

箍《たが》が外れたような声だ。

「二人一組になって、冷たい池の中で戦う修行があるねん」

高尾の南が言った。

「武器は？」

右近が問う。

「素手や。いまわめいてたやつは、その修行で相手の首を絞めて殺めてしもてな」

裏伊賀のかしらは答えた。

鬼市もかつて同じ経験をした。

親友の鳥丸をその手で殺めてしまった鬼市は、裏伊賀を出る決心をしたのだ。それと同じことが、人体兵器を養成する場所ではいまなお行われていた。

わいがいちばん強いんや……

みんな殺したる……

声が大きくなってきた。

牢は近い。

「そこや」

高尾の南が手で示す。

少し遅れて、嘉助の龕燈が照らした。

闇の中に、血走った目の若者が浮かびあがった。

五

「こいつはなぜ殺めなかったんです？」

右近がたずねた。

「よう訊いてくれた」

高尾の南はそう答えてから続けた。

「見たとおり、気ィはふれてしもたけどな、殺めるには惜しいんや」

「と言いますと？」

右近はさらに問うた。

「こいつの名ァは犬丸《いぬまる》って言うねん。なんでか分かるか？」

裏伊賀のかしらは問い返した。

「さあ」

江戸とのつなぎ役が首をひねる。

「犬みたいに鼻が利くさかいに犬丸や」

高尾の南はあっさりと明かした。

「ああ、なるほど」

右近がうなずく。

「抜け忍が出たときの備えに、臭いのついた手拭を残してあるんですよ」

嘉助が告げた。

「忍の臭いがついた手拭を」

と、右近。

「そや。鬼市も風も、裏切りよった花も、臭いがついた手拭があるねん」

高尾の南がにやりと笑う。

「こいつが犬みたいな力があることが分かったのは、わりかた最近や。それからこの牢に閉じこめて出番を待たせとった。言うてみたら、秘密兵器やな」

裏伊賀のかしらが言った。

「なるほど。秘密兵器がいよいよ放たれるわけですな」

右近は得心のいった顔つきになった。

ここでまた犬丸の哄笑が響いた。


わいが皆殺しにしたる……

この手で絞め殺したる……

どっからでもかかってこんかい……


「ええい、うるさいわい」

裏伊賀のかしらは一喝した。

「それやったら、抜け忍らを皆殺しにしてこい。臭いは憶《おぼ》えたやろ？」

高尾の南は牢の奥を指さした。

そこにはくしゃくしゃになった手拭がまとめて置かれていた。どうやら三枚あるようだ。

「わいは、犬丸やで」

目の光が違う男がおのれの胸を指さした。

ほんのかすかな臭いでも嗅ぎ分けることができる異能の男だ。

裏伊賀のかしらは右近を見た。

「悪いが、こいつを麓まで連れて行ってくれ。そこで放してくれたらええ」

そう頼む。

「この男を、麓まで」

さしもの右近もやや及び腰だった。

「ええか、犬丸」

高尾の南の瞳が赤く染まった。

「抜け忍らを殺したら、おまえはここから放免したる。なんぼでも人を殺めたらええ」

裏伊賀のかしらは言った。

牢に幽閉される前は、暴れてまた人を殺めようとした。池の修行で素手で相手を殺めてから、すっかり壊れてしまった剣呑な男だ。隠れ砦に置いておいたら、もてあますことは目に見えている。

「ただ……」

高尾の南は右近を手で示して続けた。

「この案内役にだけは手ェ出すな。もし出したりしたら、頭がパーンと弾《はじ》ける呪いをかけてあるさかいにな」

そう言っておのれの蓬髪《ほうはつ》を指さす。

「ええな、犬丸」

指南役も念を押した。

「分かった」

牢の中の男が答えた。

「よっしゃ。ほな、出したろ」

裏伊賀のかしらは牢の鍵をかざした。

ややあって、尋常ならざる嗅覚を持つ男が解き放たれた。

第六章　刺客の影

一

「こうして神仏の力も借りねばな」

お参りを済ませた城田新兵衛が言った。

豊川稲荷《とよかわいなり》の境内だ。

尾張出身の明月院大悟の案内で、裏伊賀討伐隊が足を運んだ。室町時代に創建された曹洞宗《そうとうしゅう》の名刹《めいさつ》で、正式には妙厳寺《みょうごんじ》という。

「奥に霊狐塚《れいこづか》があります」

鬼市が身ぶりをまじえた。

「案内が出ていたか」

新兵衛が問うた。

「忍は見なくても分かるからな」

火の松吉が鬼市のほうを見た。

「声が高いよ、兄ちゃん」

水の竹吉がすかさず言った。

「ああ、すまん」

双子の兄がすぐ謝った。

「ちょっとでも山のほうへ近づくと、故郷の香りがするで」

大悟が地の言葉で言った。

「尾張の山のほうなんですか？」

良知大三郎がたずねた。

「猿投《さなげ》っていうとこでな。山のほうには奇怪なかたちをした岩場もある。懐かしいのう」

大悟がいくらか目を細くした。

「ならば、おまえだけ寄っていくか？」

新兵衛が水を向ける。

「いやいや、遠回りになりますで。遠くから山ながめてるだけで、帰ったような気分になります」

大悟は乗ってこなかった。

「ほう、これは」

奥に祀《まつ》られた霊狐の群れを見るなり、朝比奈源太郎が声をあげた。

「なかなかの壮観だな」

新兵衛が瞬きをした。

「小さいのは家来？」

花が鬼市に小声で訊いた。

「家来と言うより、眷属《けんぞく》やな」

鬼市は答えた。

ひときわ大きな霊狐の周りを、小ぶりの狐たちがびっしりと埋め尽くしている。

「信徒が競うように寄進しているのだろうな。まだまだ増えそうだ」

新兵衛が言った。

「なら、お参りしてから門前で何か食べましょう」

案内役を買って出た大悟が言った。

「そうだな。腹が減った」

新兵衛は帯をぽんとたたいた。

霊狐に向かって、三人の忍も祈った。鬼市と花は両手だが、風はむろん片手だけ挙げて目を閉じる。

ややあって、その目がふっと開かれた。

「どうした？」

気配を察して、鬼市が問うた。

「ちょっと、つねならぬ気ィがな。うなじに見えない指の先が触れたみたいな」

風はわずかに眉をひそめた。

「つねならぬ気ィか」

鬼市が声を落とした。

「追っ手の気ィ？」

花が訊いた。

「……恐らくな」

風は少し間を置いてから答えた。

二

豊川稲荷への参拝を済ませた討伐隊は、大悟の案内で門前の見世に入った。

味噌煮込みうどんに名物の稲荷寿司《いなりずし》がついた膳が評判の見世だが、幸い小上がりの座敷が空いていた。一行はみな膳を頼み、舌鼓を打ちはじめた。

「大悟の煮込みうどんにも引けを取らぬな」

新兵衛が満足げに言った。

「いや、こっちが本場だで」

無精髭《ぶしょうひげ》を生やした顔がほころぶ。

「ただ、こっちは海老天がねえな」

松吉が言う。

油揚げに葱に人参《にんじん》に蒲鉾に椎茸《しいたけ》。具はとりどりに入っているが、大悟の屋台で出る味噌仕立ての鍋焼きうどんの目玉とも言うべき大ぶりの海老天は入っていなかった。

「その代わり、稲荷がうめえや」

竹吉が笑みを浮かべた。

「これは一味が効いているな」

良知大三郎が驚いたように言った。

「こっちは胡麻《ごま》だ。なかなかに芸が細かい」

朝比奈源太郎が和す。

「江戸の稲荷寿司とはひと味違うんで」

大悟が自慢した。

「で、腹ごしらえをしたあとだが……」

新兵衛がいったん箸を置いて続けた。

「熱田《あつた》の宮にも参拝し、宿願成就の祈願を行いたいと思う」

元同心は神主が榊《さかき》を持つしぐさをした。

「それはええと思います。お伊勢《いせ》はんにまではよう行かんさかいに」

鬼市が言った。

「わらべさらいは伊勢のほうにまで手を伸ばしているようだからな」

と、新兵衛。

「すると、伊勢に入ったらもういくさの心構えですね」

大三郎がそう言って、残りのうどんを胃《い》の腑《ふ》に落とした。

「いよいよだ」

源太郎の顔つきが引き締まった。

「なら、今日の泊まりはどうします？」

大悟が訊いた。

「宮宿《みやしゅく》でいいだろう。明日の朝に渡しに乗ればいい」

新兵衛は答えた。

「渡しに乗ったら桑名《くわな》ですな」

松吉が言う。

宮と桑名のあいだは、東海道で唯一の海路だ。七里の渡しとも呼ばれている。

「桑名へ行ったら蛤《はまぐり》を食わなきゃ」

竹吉が名物の名を出した。

「物見遊山に来てるんじゃないぞ。追っ手が来るかもしれぬからな」

新兵衛が手綱を締めた。

「へい」

「気を引き締めていきまさ」

双子の十手持ちは神妙な面持ちになった。

「稲荷寿司、もうちょっと食いたいな」

大悟が言った。

「なら、おれも」

鬼市が控えめに手を挙げた。

「では、それがしも」

「それがしも」

剣士たちも続いた。

「望むところで」

「これならいくらでも胃の腑に入《へえ》るんで」

双子の十手持ちが笑みを浮かべた。

三

畏《かしこ》み畏み白《もう》す……

熱田の宮の神官が凜《りん》とした声を響かせた。

大願成就の祈禱《きとう》の最中だ。

神官が祝詞を唱《とな》え終え、大麻《おおぬさ》を小気味よく振りはじめた。

討伐隊の九人は、神妙な面持ちで頭《こうべ》を垂れている。


頼みます、神さま……。

裏伊賀の隠れ砦を落とせますように。


鬼市も懸命に祈った。

各人の思いはそれぞれだった。

新兵衛は大願成就のかたわら、江戸の家族の無事をひたすらに祈っていた。

大三郎と源太郎は、おのれの剣で敵を首尾よく一掃することを願った。

松吉と竹吉は、また江戸の土を踏めるようにと神さまにお願いした。

大悟は志を果たしていずれ故郷に帰れるようにと祈った。なつかしい山並みを見たら、急に里心がついてしまったのだ。棒術の指南は田舎でもできる。あとは田畑を耕してのんびり暮らしたいと思った。

花もまた、かすかに憶えている故郷に帰れるようにと祈った。

裏伊賀のせいで、近在の村からは人気が絶えたと聞いている。儚《はかな》い望みだが、そう祈らずにはいられなかった。

親の顔はおぼろげに憶えている。実際に会えば、にわかに霧が晴れ、「おとっつぁん、おっかさん」と呼びかけることができるだろう。その日が来ることを、花は心の底から祈った。

颪は何も祈らなかった。ただ無心に目を閉じているだけだった。

ほどなく、祈禱は終わった。

裏伊賀の討伐隊は、玉砂利を踏みながら戻った。

「今日一日で、神仏を味方につけたな」

新兵衛が言った。

「これでもう怖いものなしで」

火の松吉が言う。

「いざとなったら、神さま仏さまが助けてくれまさ」

水の竹吉も和す。

「では、旅籠《はたご》を探しましょうか」

良知大三郎が問うた。

「だいぶ日が西に傾いてきました」

朝比奈源太郎が空を見た。

「明日は風向きが良ければいいがな」

新兵衛が手のひらを上に向けた。

渡し舟は潮の流れや風向きに左右される。普通なら二刻《ふたとき》（約四時間）で桑名に着くところを、三刻《みとき》（約六時間）もかかってしまうこともあった。

「風か……」

鬼市はわずかに鼻をうごめかせた。

ほんのかすかに、気のごときものが伝わってきた。

ほどなく、旅籠が決まった。

裏伊賀の討伐隊は、宮の渡しの手前で一泊することになった。

四

臭いや。臭いがきつなってきたで……。

犬丸はにやりと笑った。

桑名宿から宮宿に向かう最後の渡し舟に、刺客が乗っていた。

大きな嚢を背負っている。

中身は忍び刀と手裏剣と鎌だ。見えたら怪しまれるから平生は隠している。

丑三《うしみ》つ時《どき》、宿を抜け出して獲物を狙う。ときには家に押し込んで狼藉を働く。

野犬のごとき忍は野に解き放たれていた。麓までは右近が付き添っていたが、村が見えるなり走りだして姿を消した。

あとは思うがままのしたい放題だった。


わいがいちばん強いんや。

その腕を見せたる。

どっからでもかかってこんかい……。

犬丸は武器を持たない者でも平気で襲った。

田畑を耕していただけの、何の罪もない者を平然と斬り殺した。白昼に血しぶきが舞った。

人であれば、だれでもよかった。
襲うときに、素手で相手の首を絞めるあの修行がよみがえってきた。
相手を絞め殺し、おのれだけ生き残ったときの感覚がありありとよみがえる。
相手を殺めたあの刹那、犬丸もまた壊れてしまったのだ。

やったれ、やったれ。
わいがいちばん強いんや。
人やったらだれでも殺したる。
犬丸は壊れたままの剣呑な姿で野に解き放たれた。
それでも、密命は忘れていなかった。
鬼市、颪、花……。
三人の抜け忍の命を奪うのだ。
臭いや。臭いがするで……。
わいには分かる。

鬼市、風、花……。
三人ともおる。
犬丸は行く手を見た。
かなり暗くなってきたが、その日最後の渡し舟は宮宿に近づいていた。
桟橋の常夜燈が見える。
刺客はその灯《あか》りを鋭いまなざしで見つめた。

五

その晩――。
闇の中で、鬼市はだしぬけに目を開けた。
松吉か竹吉か、それとも大悟か。だれかがいびきをかいている。
忍はさっと半身を起こした。
期せずして、風も同じ動きをした。
目と目が合う。

光はなくても、気で通じ合うものがあった。

「来たか」

風が小声で言った。

「来た」

鬼市も声を落として答えた。

花はいくらか離れたところで寝ている。さすがに忍だ。気配を察して身を起こした。

「支度せえ」

鬼市が言った。

「追っ手が来たぞ」

風が言う。

「逃げるん？」

花が問うた。

「寝ぼけてんのか。返り討ちにするんや」

鬼市は答えた。

花がうなずく。

「ほかのもんは？　起こすか」

今度は風がたずねた。

「起こさんでええ。わいらを討ちに来た刺客や、わいらだけで仕留めたる」

鬼市は闇の中で拳を握った。

「よし、行くぞ」

風が真っ先に飛び出していった。

鬼市と花が続く。

「どっちや？」

鬼市は左右を見た。

月あかりがあった。凍《い》てつくような初冬の月が空に懸かっている。

風が立ち止まった。

隻腕を耳にやり、気を研ぎ澄ませる。

ややあって、風はある向きを指さした。

「備えはしたか」

鬼市は花に問うた。

「手裏剣、持ってる」

くノ一は答えた。
鬼市と凪は忍び刀を背負っていた。
むろん、手裏剣もふところに忍ばせている。
三人の忍は闇の中を走った。
その前に、不意に一つの影が現れた。

六

いたぞ、と犬丸は思った。
抜け忍どもや。
わいの鼻はたしかやった。
間合いを計りながら、刺客はほくそ笑んだ。
すでに支度は整っていた。
腰に巻いた革の帯には、手裏剣と鎌を装着できるようになっている。

背には忍び刀を負うていた。
抜く。
しゃっ、と乾いた音が響いた。
月光が刃を照らす。
犬丸は前へ走った。
見る見るうちに間合いが詰まる。
そして、そのときが来た。
「抜け忍ども、覚悟せえ」
刺客の声が響いた。
次の刹那――。
闇を切り裂いて、鋭いものが放たれてきた。
手裏剣ではない。
鎌だ。
鬼市はとっさに身をかがめた。
その小鬢《こびん》をかすめて、鎌は弧を描きながら飛び、再び刺客の手に戻った。

「食らえっ」

またしても鎌が飛ぶ。

今度は目の前をよぎった。

たしかな腕だ。

「おまえらの臭いは、この犬丸が嗅ぎつけた。もう逃さへんで」

刺客は甲高い声を放った。

「恥を知れ」

鬼市は昂然《こうぜん》と言い放った。

「恥？　何やそれは」

犬丸は鼻で嗤うと、また鎌を投げつけた。

今度は風を狙う。

「ぬんっ」

風の剣が一閃した。

鎌の軌跡を心眼で見抜き、過《あやま》たず剣を振り下ろす。

がしっ、と鈍い音が響き、鎌がたたき落とされた。

いまだ。

鬼市は手裏剣を打った。

必殺の一撃だ。

しかし……。

犬丸の動きは素早かった。

忍び刀で正しく払いのけた。

「抜け忍めが。恥はおまえらや」

刺客は声を張りあげた。

「見とれ。成敗したる」

犬丸は忍び刀を大上段に振りかぶった。

「きえええええーい」

怪鳥のごとき声を発し、鬼市めがけて斬りこんできた。

鬼市は必死に飛びしさってかわした。

受けようかと思ったが、膂力《りょりょく》にあふれた剣だ。空を切らせたほうがいい。

「死ねい」

鬼市と風、二人の抜け忍に向かって、犬丸は狂剣をふるった。

そのたびに、間一髪のところでかわす。

「斬り合いはでけへんのか。腰抜けめ」
犬丸は嘲った。
鬼市は挑発には乗らなかった。
くノ一と目と目で合図をする。
「受けてみい」
颪に向かって、刺客はまた踏みこんでいった。
隻腕の抜け忍は、今度は受けた。
ただし、相手の力をいなすような受け方だ。
ほんの一歩だけ、刺客の足が乱れた。
いまや！
鬼市はまた手裏剣を放った。
花も続く。
阿吽《あうん》の呼吸だ。
「うっ」
刺客がうめいた。
鬼市の手裏剣は忍び刀で払いのけたが、間髪を容《い》れずに飛んできた花の手裏剣はよけきれなかった。

くノ一が放った手裏剣は、刺客の眉間に突き刺さっていた。

だが……。

それでも怯《ひる》むことはなかった。

間合いが詰まる。

そして、声が響いた。

七

「わいは犬丸や」

刺客はそう名乗った。

眉間の手裏剣を抜き、地面にたたきつける。

「ようやってくれたな」

犬丸はかみつくように言った。

「皆殺しにしたる。覚悟せえ」

犬丸は忍び刀を振りかぶった。

「おれがやる」

風が前に進み出た。

右腕だけで刺客の剣を受ける。

しばらくもみ合いになった。

眉間の傷から血がほとばしる。

「うぐっ」

ややあって、犬丸がやにわに目を剝いた。

みぞおちに衝撃が走ったのだ。

隻腕の抜け忍は、ここぞというときに必殺技を繰り出す。怒りを極限にまで募らせれば、あるはずのない「まぼろしの左」が動くのだ。

風のまぼろしの左は、刺客のみぞおちをしたたかに打ちすえていた。

普通の者なら、腹を押さえて悶絶《もんぜつ》するほどの一撃だ。

しかし……。

刺客は平然と立っていた。

「わいがいちばん強いんや。殺したる」

犬丸はつばを吐き捨てた。

ここや！

機を逃さず、鬼市は手裏剣を打った。

これも当たった。

物の見事にこめかみに命中した。

それでも刺客は動じなかった。

逆に哄笑を響かせた。

「どっからでもかかってこい。わいは不死身や」

犬丸は傲然と言い放った。

そして、恐るべき速さで間合いを詰め、花に斬りかかった。

あかん、と鬼市は思った。

花とおのれのあいだに刺客が割って入った。

風はいま、まぼろしの左を繰り出したばかりだ。必殺技を使うと、その分反動が生じる。すぐ助けには行けない。

「覚悟せえ」

刺客は忍び刀を大上段に振りかぶった。

花は目を瞠った。

八

「待て！」
鋭い声が響いた。
城田新兵衛の声だ。
刺客の胴間声は、風に乗って旅籠にも届いた。
忍たちの寝床はもぬけの殻だ。
急を察した新兵衛は、ほかの者たちをたたき起こして駆けつけた。
そのひと声が、ほんのわずかな時を稼いだ。
鬼市は次の手裏剣を打った。
声にかまわず、刺客はくノ一を斬ろうとした。
その手首を、忍が放った手裏剣は深々と貫いた。
「ぐっ」
剣は振り下ろされた。
ただし、剣筋が変わった。

くノ一はすんでのところで身をかわし、懸命に逃れた。

「花！」

鬼市が声をかけた。

「大丈夫」

くノ一の声が返ってきた。

復活した風が息を整え、次の手裏剣を打った。

「ぐえっ」

刺客は右目を押さえた。

「いまだ。仕留めろ」

新兵衛が声を発した。

「はっ」

「いざ」

良知大三郎と朝比奈源太郎が抜刀し、刺客めがけて斬りこんでいく。

犬丸は応戦しようとしたが、さすがに手負いで力が殺《そ》がれていた。

しかも、同時に二本の剣が襲ってきた。片方はかわすことができなかった。

「うぐっ」

刺客は目を剝いた。

「おれが仕留めてやる」

新兵衛が前へ進み出た。

袈裟懸《けさが》けに斬る。

ばっ、と血しぶきが舞った。

それでも犬丸は立っていた。

「ははは、はははは」

哄笑が響く。

「笑うな」

今度は明月院大悟が槍を突き立てた。

はらわたを裂く。

「思い知れ」

鬼市も一太刀浴びせた。

力を取り戻した風も続く。

膾《なます》のように切られながらも、犬丸は倒れなかった。

おのれの腹の傷に左手を突っ込み、はらわたを引きずり出す。

「なんじゃこれは」

血まみれの手を月あかりにかざし、犬丸は叫んだ。

「おまえは死ぬんや」

鬼市が引導を渡すように言った。

「ははは、はははは」

犬丸は哄笑で応えた。

そして、忍び刀を両手で握った。

「死ぬかどうか試したる。よう見とけ！」

全身を斬り刻まれた刺客の剣が一閃した。

相手に向かって振り下ろされたのではない。

犬丸の剣は、おのれの首筋を斬り裂いていた。

首がゆらりと揺れたかと思うと、胴体から離れた。

冷たい土の上に転げ落ちる。

血しぶきを上げながら、胴体があお向けに倒れた。

切り離されてもなお、刺客の首は最後の瞬きをした。

そして、白目を剝いて動かなくなった。

第七章　ある再会

一

「死んだか……」

火の松吉がそう言って瞬きをした。

「化け物みてえなやつだったな」

水の竹吉がぶるっと身を震わせる。

ともに旅籠から駆けつけたものの、十手で太刀打ちできる相手ではない。成り行きを見守っているしかなかった。

「むくろはどうします、かしら」

鬼市が訊いた。

「このままにするわけにはいくまい」

新兵衛は首と胴体が泣き別れになった刺客を指さした。

「なら、川へ捨てましょう」

鬼市は首に歩み寄った。

宮の渡しは熱田神宮の近くの川に桟橋がある。そこから川を下って海に出て、桑名を目指す。

「胴はおれがやる」

風が嫌な役を買って出た。

「片腕で背負えるか」

鬼市が問うた。

「手を貸してくれ」

風は渋く笑った。

その背に刺客の胴を載せると、鬼市は首をつかんだ。

水辺へ進む。

「成仏せえ……南無阿弥陀仏《なむあみだぶつ》」

念仏を唱えると、鬼市は首を川へ投じ入れた。

新兵衛が手を貸し、風と二人がかりで胴体も捨てる。
ざばっ、と大きな音が響いた。
川面《かわも》を月あかりが照らす。
刺客のむくろは、ほどなく見えなくなった。

二

高尾の南の目が開いた。
さっと身を起こす。
丑三つ時だ。
月あかりはない。
裏伊賀のかしらは、こめかみに指をやった。
いま見たものは、ただの夢か。はたまた、お告げか。
高尾の南はぐっと気を集め、判じようとした。
真に迫った夢やった。

刺客の犬丸が抜け忍どもを見つけて……返り討ちに遭いよった。

首と胴が泣き別れや。

闇の中で、裏伊賀のかしらの目が赤く染まった。

ばしっ、と一つひざを打つ。

間違いない。お告げだ。

常人離れをした力を有する高尾の南は、折にふれて夢のお告げを得る。それにしたがって兵を動かすこともできた。

偉丈夫はぬっと立ち上がった。

その形相は憤怒《ふんぬ》に満ちていた。

おのれ、抜け忍ども。

ようやりよったな。

高尾の南は手のひらに拳を打ちつけた。

腕組みをし、のしのしと歩く。

まったく、どいつもこいつも役に立たん。
かしらのわいしか相手にならんのか。

裏伊賀のかしらはそこで歩みを止めた。
あることに思い当たったのだ。
やおら火を熾《おこ》す。
ややあって、隠れ砦の洞窟にある居室がほんのりと明るくなった。
龕燈を手にした高尾の南は、あるところに歩み寄った。
書架だ。
数えるほどしかない書物のうち、最も古い一冊を取り出す。
それは、鳥居耀蔵が掘り出した『那言写本』だった。
唇《くちびる》が動く。
書物に記されている秘法の核となる呪文は、繰り返し唱えて頭にたたきこんである。
しかし……。初めの関所は通り抜けた。

それだけではまだ実行に移すことができなかった。

なにぶん恐るべき術だ。耐えがたい痛みも伴う。

いや、そればかりではない。充分な備えをしなければ、落命に至る恐れまであった。常人にはとても使えぬ術だ。

精をつけとかな。

猪に鹿……この際、狼でもええで。

高尾の南は闇の中でにやりと笑った。

そのとき、ふと思いついた。

獣の肉を調達するためには、鉄砲隊に気張ってもらわねばならない。

忍の修行を終えた者は、十八になると江戸へ赴き、鳥居耀蔵に謁見してから諸国でつとめに励む。

さりながら、忍としては一歩劣るが、裏伊賀への忠誠心にかけてはゆるぎない者は殺めるに忍びない。そういう者たちは隠れ砦を護る役目を担う。そのなかには、腕に覚えのある鉄砲隊も含まれていた。

高尾の南はおのれの胸に手をやった。
次は肩だ。
どちらも厚く盛り上がっている。
だが……。
まだ物足りなかった。
この肉が盛り上がれば盛り上がるほど、ある力が増す。
もうちょっと時を稼がなあかんな。
そのあいだに……。
裏伊賀のかしらの頭の中で、絵図面ができあがった。
打てる手はすべて打つ。
そして、片腹痛い討伐隊を返り討ちにしてやる。
皆殺しだ。
高尾の南の目がまた赤く光った。

三

伊勢は光の国、伊賀は影の国と言われる。

どの方角からも険しい峠を越えなければ伊賀に入ることはできない。ときには山賊も出る峠を越えて伊賀に入ると、空の色が微妙に変わる。同じ青でも、海に近い伊勢とは違うくすんだ色になる。

しかし……。

裏伊賀の討伐隊は、まだ伊勢路《いせじ》を進んでいた。

日永《ひなが》で東海道に別れを告げ、伊勢街道《いせかいどう》に入る。このまま南へ進んでいけば伊勢だ。

「せっかくだから伊勢参りをしたかったなあ、兄ちゃん」

竹吉が言った。

そろいの笠《かさ》で伊勢参りと分かる者たちの姿は、街道を歩いていると嫌でも目に入る。

「そりゃ寄り道になるからよ」

松吉がにべもなく言う。

「帰りに寄りゃあええで」

大悟が笑みを浮かべた。

「軽く言いますな」

「さっと終わりゃいいけど」

双子の十手持ちは苦笑いを浮かべた。

伊賀へは伊勢街道の六軒《ろっけん》から初瀬《はっせ》街道に向かう。伊勢の手前で山のほうへ折れるから、伊勢参りはできない。

街道筋の白子《しろこ》で腹ごしらえをしていくことにした。

珍しい伊勢うどんの見世があった。尾張出身の大悟もこれは食したことがないらしい。

「うどんもさまざまだな」

食すなり、新兵衛が言った。

「太いのに、こしがないのは驚きです」

大三郎が箸を止めて言う。

「ずいぶん茹《ゆ》でているんでしょうね」

源太郎も和した。

「でも、もちもちしてておいしい」

花が笑みを浮かべた。

「つゆが甘めでこくがあるな」

鬼市がうなずく。

「たまり味噌を使《つこ》てるんで」

見世のおかみが聞きつけて愛想よく言った。

「まあ、でも、尾張の味噌煮込みうどんがいちばんだで」

大悟がそう言ったから、控えめな笑いが響いた。

「ときに、おかみ」

うどんを平らげた新兵衛が声をかけた。

「へえ、何ですやろ」

「ここいらで、わらべがさらわれたなどという話を耳にしたことはないか」

新兵衛は声を落としてたずねた。

「わらべがでっか？　さあ、そんな話は」

うどん屋のおかみは首をかしげた。

白子宿は海のはたで、裏伊賀からは遠く離れている。さすがにここまではわらべをさらいに来ていないようだ。

「そうか。分かった」

新兵衛は白い歯を見せて右手を挙げた。

「で、これからの段取りは」

鬼市が訊いた。

「六軒の宿に泊まり、朝早く発つ。暮れる前に峠を越え、伊賀に入る」

新兵衛はそう答え、茶を啜った。

大和の初瀬（長谷）と伊勢の六軒を結ぶ初瀬街道は、参宮表街道もしくは参宮北街道とも呼ばれる。そのいちばんの難所が青山《あおやま》峠だ。伊勢のほうから上り、この峠を越えれば伊賀に入る。

「峠で暮れると剣呑ですから」

源太郎が言った。

「もっと剣呑なところへ行かねばならんがのう」

大悟の表情が引き締まった。

「伊賀へ入れば、どこぞで本陣を張らねばならぬな」

新兵衛は茶を苦そうに呑み干した。

「どこかあてはあるのでしょうか」

大三郎が問うた。

「おまえらはどうだ。伊賀にあてはあるか」

新兵衛は忍たちに訊いた。

鬼市の脳裏に、あの家族の顔が浮かんだ。

獰猛《どうもう》な狼どもが巣食う死の谷をどうにか逃れたものの、狼に嚙まれた傷がもとで高熱を発し、死の淵をさまよった。

裏伊賀からの追っ手も来た。そんな絶体絶命の危機に陥《おちい》った鬼市を匿い、助けてくれたのが麓の村に住む家族だった。

だが……。

裏伊賀の魔手は近在の村一帯に伸びているだろう。同じところに住みつづけているとは思えなかった。

「寺ならほうぼうにあります」

花が答えた。

「たいてい無住だろうがな」

風が言葉を添えた。

「無住でいい。ひとまず雨露をしのぎ、陣を張れるところなら」

新兵衛が言った。

「霧生《きりゅう》にも高尾にも小さい寺はありました」

鬼市が告げた。

「ならば、明日はそこまで行くことにしよう」

段取りが決まった。

一行は白子の伊勢うどんの見世を出た。

四

その晩——。

鬼市は闇の中で目を覚ました。

眠ったのはほんのわずかなあいだだが、それで充分だった。

鬼市は旅籠を抜け出した。

伊勢の六軒の旅籠だ。明日はここから初瀬街道を進み、青山峠から伊賀を目指す。

夜空で星が瞬《またた》いている。抜け忍はそのさまをしばし眺めた。

あの星は、生まれた里からも見えるだろう。いまこのときも、顔も知らない親きょうだいが同じ星を見ているかもしれない。

そう思うと、胸が詰まった。

「鬼市」

やにわに声が響いた。

風だった。

「なんや、おまえか」

鬼市は言った。

風は渋く笑っただけで答えなかった。

「いよいよやな」

鬼市はそう言うと、さっと逆立ちをした。

風も倣う。

隻腕だが、見事に身を支え、静止してから宙返りをした。

「お見事や」

鬼市が笑みを浮かべた。

ここで花も出てきた。

三人の忍がそろった。

「ええお月さんやね」

花は空を指さした。

「星もきれいやで」

鬼市が笑った。

「いよいよやね」

花が言う。

「おんなじこと言うたな」

と、鬼市。

「そやったん」

花も笑った。

「近《ち》こなったさかい、故郷のこと、思いだしたりせえへんか」

鬼市は訊いた。

風は話に加わらず、蹴りの稽古を始めた。

回し蹴りに飛び蹴り。どれもほれぼれするような動きだ。

「思い出すほど沢山《ようけ》憶えてへんさかいに」

花は寂しげに答えた。

「わいよりましや。ちょっとは憶えてるんやさかい」

鬼市は言った。

花がかろうじて憶えているのは、生まれ育った家が「奥のほう」にあるということだけだった。ただし、何という名の里なのかは記憶になかった。

親の顔もごくうっすらと憶えていた。会えば分かるのかもしれないが、似面《にづら》を描いたりすることはできない。そんなおぼろげな記憶だ。

「見つかるとええね、お互い」

花が言った。

「生まれた里がか」

鬼市が問う。

「親きょうだいも」

花は答えた。

風がひときわ気の入った蹴りを続けざまに披露した。

「……そやな」

それを見守ってから、鬼市はしみじみと言った。

五

朝早く六軒の宿を出た討伐隊は、伊勢路を進んだ。

しばらくは田畑が広がる平らな道だったが、しだいに樹木が生い茂り、上りが多くなってきた。

「まだまだ峠は先だな」

行く手を見ながら、新兵衛が言った。

「暮れそうやったら、峠の手前の垣内《かいと》っちゅう宿で泊まる手ェもあります」

鬼市が言った。

「そうか。裏伊賀の隠れ砦を攻めようというのに、街道の峠くらいで怖《お》じ気《け》づいていたら始まらぬがな」

新兵衛は苦笑いを浮かべた。

「とにかく急ぎましょう」

大三郎が足を速めた。

「おう」

討伐隊は粛々と歩を進めた。

日が西に傾きだしたころ、垣内宿に近い小さな里を通った。

頬かむりをした男が二人、畑を耕している。

その顔を見た刹那、鬼市ははっとした。

もう一度、立ち止まって顔を見る。

「あ、あんたらは……」

鬼市は瞬きをした。

間違いない。他人の空似ではなかった。

「平作《へいさく》はんと、平太郎《へいたろう》やないか」

鬼市は声をかけた。

畑仕事の二人の動きが止まった。

討伐隊も足を止める。

「だれや」

年かさのほうの男がいぶかしそうに問うた。

「わいや。裏伊賀の隠れ砦から命からがら逃げだして、えらい熱出して死にかけたときに助けてもろた」

鬼市は口早に答えた。

「ああ、あのときの」

若いほうの男の顔に驚きの色が浮かんだ。

「あっ、思い出したで」

平作が両手を打ち合わせた。

「命の恩人か」

新兵衛が鬼市に問うた。

「へえ」

鬼市は感慨深げにうなずいた。

「おれがいまこうしてここにいられるのは、みなこの人らのおかげで」

鬼市は続けざまに瞬きをした。

「無事やったんか」

平作が瞬きをした。

「おかげさんで、助かりました」

鬼市は深々と頭を下げた。

「そら良かった。……で、大勢さんでどちらまで?」

息子の平太郎が一行を見回してたずねた。

「わいらが囚われてた隠れ砦を攻め落とそと思てな。ほうぼうでわらべをさろて、悪さばっかりしてきたさかいに」

鬼市の声に力がこもった。

「おれは城田新兵衛。もとは江戸の町同心で、こやつらの家主だった」

新兵衛は三人の忍のほうを示した。

「わいの仲間の風と花や」

鬼市が手短に告げた。

「よしなに」

花が言った。

風はわずかに頭を下げただけだった。

「あとは道場の精鋭や手下だ」

新兵衛は端折《はしよ》って伝えた。

「そうでっか。伊賀は人さらいで剣呑やさかい、伊勢へ逃げて来ましたんや。この人を匿《かくも》うてたときも、怖い追っ手が来ましたんで」

平作は鬼市のほうを手で示した。

「そうか。それは大変だったな」

新兵衛が労をねぎらう。

「ほな、娘はんも無事で？」

鬼市が問うた。

「ああ。女房も娘も達者や」

日焼けした顔に笑みが浮かんだ。

「それは何よりで」

鬼市も笑みを浮かべる。

「人さらいが来て、娘に何かあったら泣くに泣けんさかいに、女房と相談して伊勢へ逃げてきたんや」

平作が告げた。

「ほかにもそのような者はいるか」

新兵衛が訊いた。

「沢山《ようけ》おりますで」

平作はすぐさま答えた。

「ここからはだいぶ離れてますけど、逃げてきたもんだけで拓《ひら》いた伊賀地《いがじ》っちゅう里までであります」

平太郎が伝えた。

「なるほど。そのあたりの話をもっと訊きたいものだな」

新兵衛が乗り気で言った。

「ほな、うちへ来てだぁこ（来てください）」

平作が伊賀の言葉で言った。

「では、そうさせてもらうか」

新兵衛は一同を見回して言った。

「たとえ暮れても、忍が三人だで」

大悟が言った。

話は決まった。

討伐隊は伊賀から逃れてきた家族の住まいに向かった。

六

女房のおやえも、娘のおさよも達者だった。

二人とも、鬼市のことをよく憶えていた。

かつて匿ってもらったとき、裏伊賀のことは事細かに告げてあった。

えらいことをしよるな。

なんでよその子ォをかどわかしてきて、殺し合いをさせて、忍にさせなあかんねん。

平作は怒りをあらわにしていたものだ。

「この人を匿うてるとき、怖い追っ手が来たさかい、あとでよう相談して逃げてきたんですわ」

おやえが鬼市を手で示して言った。

鬼市が改めて頭を下げる。

「逃げてよかったと思う」

平作がうなずく。

「ここまでは人さらいは来ないか」

新兵衛は問うた。

「いや、伊勢の里からもわらべがさらわれたっちゅう話を耳にしましたわ」

平作がおのれの耳にさわった。

「元からたたきつぶしったってください」

平太郎が言う。

「そのつもりで来た。大軍ではないが、われらは一騎当千だからな」

新兵衛はにやりと笑った。

「これからどうしはりますのん？」

おやえがたずねた。

「青山峠を越えて、伊賀のどこぞの寺にでも陣を張ろうかと思う。それから、敵の様子を見て、どう攻めるか決めるつもりだ」

新兵衛の表情がにわかに引き締まった。

「なら、夕餉《ゆうげ》を食べていってだぁこ」

おやえが勧めた。

「そやな。大したもんは出せまへんけど」

平作の日焼けした顔がほころんだ。

「いまから峠越えは難儀やさかい、泊まってもろたらどないやろ」

おさよが父に言った。

「いや、われらには忍が三人も加わっているゆえ」

新兵衛がやんわりと断った。

「暗《くろ》うても目ェは見えるさかいに」

鬼市はおのれの目を指さした。

ほどなく、夕餉の支度が整った。

囲炉裏に鍋をかけ、それぞれ取り分けて食す。寒い時分にはありがたい料理だ。

「なつかしいなあ」

鬼市は瞬きをした。

肉の代わりに、歯ごたえのある蒟蒻《こんにやく》が入っている。ほかには、里芋に人参に大根に芋がら。畑で育てたものをぐつぐつと煮て、味噌だれにつけて食す。

「あのときもこれやったたな」

平太郎が笑みを浮かべた。

「ああ、山菜とかも入ってた」

鬼市は答えた。

「あ、ところで……おれ、伊賀地に幼なじみが逃げてきてるんやが」

平太郎は座り直して続けた。

「そこに、おまはんとよう似た顔立ちの人がおったわ」

農家の跡取り息子はそう伝えた。

「ほんまか」

鬼市の顔つきが変わった。

「ああ、ほんまや。よう似とった」

平太郎はうなずいた。

「鬼市さんのおとっつぁんかも」

花の声が少し弾んだ。

「探しに行くか？」

新兵衛が水を向けた。

「いや」

鬼市はすぐさま右手を挙げた。

「それは帰りで。まずは裏伊賀をたたきつぶしてからで」

抜け忍の声に力がこもった。

「大きな手がかりだな」

松吉が笑みを浮かべて、里芋を胃の腑に落とした。

「きっと見つかるぞ」

竹吉も言う。

「ほかのお二人さんは、何か手がかりはないのん？」

平太郎がたずねた。

「おれは、なくていい」

風が表情を変えずに答えた。

「うちは、『奥のほう』っていうことだけ憶えてるんです」

花が告げた。

「奥のほう」

平太郎が復唱する。

「『奥のほう』っていう言葉だけが耳の底に残ってて」

くノ一は耳に手をやった。

「どういうことやろな」

平太郎は首をかしげた。

「『奥のほう』のあとに何かつかへんかったか？」

鬼市が問うた。

「『奥のほう』のあと?」

と、花。

「そや。『奥のほうは』とか、『奥のほうが』とか、『奥のほうへ』とか、いろいろあるやんか」

鬼市は例を挙げた。

「ちょっと待って」

花はこめかみに指をやった。

「そう言うたら、『奥のほうが』って言うてたような気ィがするんやけど、それが里の奥のほうか、伊賀の奥のほうか」

花は自信なげに首をかしげた。

「奥鹿野《おくがの》っちゅう里があるけどな」

蒟蒻を取り分けながら、平作が半ば独りごちた。

「えっ、もういっぺん」

花が訊き直す。

「奥鹿野や。草深いとこに、そういう名ァの里があるねん」

平作は答えた。

「奥鹿野、奥鹿野……」

花は呪文のように唱えた。

「どや。憶えがあるか？」

鬼市が訊く。

花はまたこめかみに指を当てた。

「……あるような気がする。そこかもしれんわ」

くノ一の瞳に望みの光がともった。

「あのあたりも伊賀地のほうへ逃げてきてると思うで」

平太郎が言った。

「ならば、すべてが終わったらともに探せ」

新兵衛が言った。

「へえ、そうします」

鬼市は力強く答えた。

「これで望みが出てきました」

花も笑みを浮かべた。

七

名残惜しいが、別れのときが来た。

「ほな、気ィつけて」

家から前の道まで出て、あるじの平作が言った。

「無事、帰ってきてや」

平太郎が鬼市に言った。

「ああ。また寄らしてもらうわ」

鬼市は笑みを浮かべた。

鍋の味噌だれの味が、まだそこはかとなく後を引いている。

「あんまり無理せんときや」

おやえが案じ顔で言った。

「無理をしないことには始まらないからな」

新兵衛が横合いから言った。

「負けいくさはせえへんさかいに」

鬼市が言う。

「お地蔵さんにお願いしてるわ」

おさよが両手を合わせた。

「おおきに」

鬼市も軽く手を合わせる。

「よし、行くぞ」

新兵衛が言った。

「へい」

「合点で」

双子の十手持ちの声がそろった。

「裏伊賀を倒して、帰ってくるで」

短めの槍を手にした大悟が陽気に言う。

「腕が鳴りますな」

大三郎が言った。

「いよいよか」

源太郎の表情が引き締まる。

「ほな、さいなら」

最後に鬼市が振り向き、家族に向かって手を振った。

「さいなら」

「気イつけて」

あたたかい声が返ってきた。

八

夜の青山峠に人の気配はなかった。

「まだまだ上りだな」

足を動かしながら、新兵衛が言った。

「寒いな、兄ちゃん」

竹吉が言った。

「ああ、急に冷えてきた」

松吉が答える。

「伊賀は盆地やさかい」

鬼市が言った。

夏は暑く、冬は寒い。ことに冬の風は身を切られるような寒さだ。

落ち葉を踏みしめながら、しばらくはみな無言で歩いた。

月あかりはない。

ときおり霧雨《きりさめ》が顔に振りかかる。

新兵衛と大三郎が提灯を持ち、ほかの者を先導していた。三人の忍は横と後ろの気配をうかがいながら進む。ここはもう裏伊賀の息がかかる場所だ。いつ何時《なんどき》敵が姿を現わすか分からない。

「おい……」

風が口を開いた。

「何や」

鬼市が短く問う。

霧雨が吹きつけてきた。

闇は濃い。

「何か気ィでも？」

花も訊いた。

風は答えようとした。

だが、その言葉が放たれることはなかった。

次の刹那――。

闇の一角が明るくなった。

やにわに銃声が響く。

「敵や」

鬼市が叫んだ。

「あわてるな」

新兵衛の声が響いた。

間髪を容れず、次の銃声が轟《とどろ》いた。

「うわっ」

弾は大三郎の小鬢をかすめた。

「落ち着け」

大悟が一喝した。

風はぐっと気を集めたかと思うと、存在しないはずの左腕を鋭く動かした。

「ぎゃっ」

闇の中で悲鳴が響いた。

忍の手裏剣が命中したのだ。

花が続いた。

「ぐっ」

うめき声に続いて、銃声が放たれた。

弾はあらぬ向きにそれただろう。

鬼市は頭を巡らした。

弾込めのあいだに間ができる。なるたけ続けざまに撃てるように、組分けをして襲ってきたはずだ。

「まだいるで」

鬼市が言った。

その声に応《こた》えるように、また銃声が響いた。

「いまだ」

大三郎が果敢に前へ踏みこんだ。

「おう」

源太郎も続く。

闇の中で何かが動いた。

「いたぞ」

大三郎の声が高くなった。

「おのれっ」

弾込めが間に合わなかった敵は、銃の代わりに剣を抜いて立ち向かってきた。

道場の師範代が正しく受ける。

「ええいっ」

押し返すと、いくらか間合いができた。

そこを花が狙った。

手裏剣を打つ。

それは過たず眉間に突き刺さった。

「成敗いたす」

そう言うなり、大三郎の剣が一閃した。

袈裟懸けに斬られた敵は、悲鳴もあげずに絶命した。

それでもまだ敵は残っていた。

深い闇の中だ。

峠で待ち伏せていた一隊が何人いるのか、見渡すことはできない。
襲ってきた敵は一人ずつ成敗していくしかなかった。
また銃声が響いた。
「うっ」
短くうめいたのは大悟だった。
弾は腕をかすめていた。あと少しずれていたら、身を貫かれていたかもしれない。
「いまや」
鬼市が言った。
大悟が動く。
槍を構え、いっさんに前へ進んでいく。
次の弾は間に合わない。
敵の姿がはっきりと目に入った。
「食らえっ」
大悟の怒りの槍が深々と敵に突き刺さった。
肺腑をえぐる。
敵はもふっと血を吐いた。

槍を抜く。

「とどめを刺してやる」

新兵衛が前へ進み出た。

剣が弧を描く。

闇の青山峠に血しぶきが舞った。

「ぎゃっ」

断末魔の悲鳴は短かった。

それきり静まる。

「まだおるかもしれん」

鬼市が言った。

「気を抜くな」

新兵衛の声が響いた。

しかし……。

しばらく待っても敵の銃声が響くことはなかった。

峠の敵は、もうだれも残っていなかった。

第八章　闇に目ざめしもの

一

裏伊賀のかしらは、闇の中で目を開けた。
いま見たものが、ただの夢だったかどうか。
糸のごときものをたぐり寄せる。
やがて……。
その目の色が変わった。
闇の中でもはっきり分かるほど赤く染まった。
怒りに満ちた。
高尾の南はやにわに身を起こした。

「あほだらがっ」

ばしっとおのれのひざを打つ。

「どいつもこいつも役に立たん」

裏伊賀のかしらは吐き捨てるように言った。

峠で待ち伏せをし、銃撃を加える手はずだった一隊は、どうやら返り討ちに遭ったようだ。またしても夢がそう告げていた。

「何のために出て行ってんねん」

高尾の南は太腿をばしっとたたいた。

谷のほうから、狼どもの遠吠《とおぼ》えの声が響いてくる。初めて聞いたら震えあがるかもしれない恐ろしい声だ。

「かくなるうえは……」

裏伊賀のかしらは、ゆっくりと肩を回した。

胸の筋肉もびくりと動く。

役立たずのあほどもには任せられん。

わいがやったる。

いよいよ「あれ」を試してみるときや。

高尾の南の目がひときわ赤く染まった。

刀に歩み寄り、抜く。

その刃を、裏伊賀のかしらはじっと見つめた。

二

「ほんのかすり傷だで」

大悟が笑った。

左腕には布巻きが施されている。当人が言うとおり、幸いにも傷は深くないようだった。

「まだ敵がいるかもしれぬ。気を引き締めていこう」

新兵衛が言った。

「はい」

大三郎が短く答えた。

鬼市と花が前、風が後ろ。前後を忍で固めた。これなら敵の気配がしてもすぐ伝えることができる。

落ち葉を踏みしめながら歩いているうち、道が下りになった。

「峠を越えたか」

新兵衛が独りごちるように言った。

「ここから下りで」

鬼市が振り向いて言った。

闇で見えないが、もう伊賀に入った。故郷に帰ってきた。

そう思うと、それなりに感慨はあった。

だが……。

すべてはこれからだ。

裏伊賀の隠れ砦を攻め落とさねば、わらべたちの泣き声が止《や》むことはない。いまこの刹那にも、だれかがどこかで泣いている。

討伐隊は粛々と進んだ。

敵はもう現れることがなかった。夜中に峠を越える者もいない。夜鳥《よどり》の鳴き声だけが不気味に響く。

「うわっ」

だしぬけに声が響いた。

松吉が足を滑らせたのだ。

「大丈夫か、兄ちゃん」

竹吉が気づかう。

「ああ、すまねえ。大丈夫だ」

松吉はすぐさま立ち上がった。

「足をくじいてはいぬか」

源太郎が提灯で照らした。

「平気でさ。すまねえこって」

松吉は面目なさそうに答えた。

峠は下りも長かった。

ようやく勾配がゆるくなってきたかと思うと、左右に張り出していた樹木が途切れ、行く手がかすかに明るくなった。

「夜が明けるな」

新兵衛が言った。

鬼市は少し足を速めた。

ほどなく、藁《わら》ぶき屋根が見えてきた。

三

里には数軒の家が点在していた。

しかし、どこにも人が住んでいる気配はなかった。

水車は動いていない。草が絡みつき、半ば壊れていた。

田畑も荒れ放題だ。かつては耕す者がいたのだろうが、いまはもう枯草だらけだった。

「だれかおらぬか」

新兵衛が声をかけた。

返事はなかった。

いくらか高いところに建っている家の軒端には何も吊《つ》るされていない。人が暮らしている気配はなかった。

「伊勢へ逃れたかな」

新兵衛が歩きながら言った。

「もう少し進んでみましょう」

大三郎が言った。

「このまま街道を進めばどこに着く？」

新兵衛が鬼市に訊いた。

「阿保《あお》の宿場やと思います」

鬼市は答えた。

「もっと南へ行かなあかんね」

花が言う。

「そやな。裏伊賀は高尾のずっと南にあるさかいに」

鬼市は最寄りの里の名を出した。

「寺はないか」

新兵衛はさらに問うた。

たとえ無住になっていても寺があれば、ひとまず陣を張ることができる。

「その先を曲がって、脇道を進んだとこにあったはず」

風が教えた。

「そうか。ならばそこを目指そう」

新兵衛は答えた。

夜が明けて、空はだんだんに明るくなってきた。

さりながら、人の気配はしなかった。竈《かまど》から立ち上る煙も見えない。

思い出したように家が現れるが、どこも無住だった。人が住んでいれば、大根や柿などが吊るされているはずだが、まったく何も見えない。

「おーい、だれかいねえかい」

「江戸から来たぜ」

双子の十手持ちが声をかける。

返事はなかった。

里じゅうが死に絶えてしまったかのようにあたりは静まっていた。

やがて朝の光が差してきた。

人気のない伊賀の路《みち》を、日の光がしみじみと照らす。

「甍《いらか》が見えます」

大三郎が真っ先に指さした。

「寺だな」

新兵衛が言った。

「だれかおるかな」

鬼市が速足になった。

討伐隊が続く。

「あっ、煙が」

花が指さした。

いま見えた下の甍のほうから、薄くたなびくものが見えた。

「ほんまや。竈の煙が見えるで」

鬼市の声が弾んだ。

「よし、たずねてみよう」

新兵衛が言った。

ほどなく、討伐隊は寺に着いた。

四

出迎えたのは初老の僧だった。

名を大然《たいねん》という。檀家《だんか》はみな伊勢へ逃げてしまったが、死者の菩提《ぼだい》を弔うために寺に残り、わずかな田畑を耕しながら暮らしているらしい。

新兵衛が包み隠さず討伐隊の趣旨を告げた。大然和尚はいくたびもうなずきながら聞いていた。

「まあ、ともかくお上がりください」

和尚は一同を本堂へ招じ入れた。

まずは本尊を拝むことにした。

さほど大きくはないが、姿かたちのいい千手観音だ。

どうか裏伊賀を討伐できますように。

隠れ砦に囚われているわらべたちを解き放てますように……。

鬼市は両手を合わせて祈った。

茶が出た。

「山里の寺で、何もお構いでけまへんけどな」

大然和尚が言った。

「いや、お構いなく」

新兵衛は右手を挙げてから続けた。

「さっそくですが、このあたりの地図がもしあれば」

「あいにく地図はないんですが、紙やったらあります」

和尚は答えた。

「なら、そこへ筆で書いたらええでしょう」

鬼市が言った。

「わしらは役に立たんがな」

大悟が笑った。

「三人の忍の力を合わせれば、それなりの地図になるだろう」

新兵衛が言った。

「拙僧も、知るかぎりのことはお伝えしますので」

和尚もそう言ってくれた。

それから地図づくりが始まった。

寺の前の路を進んでいけば、霧生という里に出る。そこから裏伊賀の隠れ砦に最も近い高尾の里に通じる道があった。

「そこは普通に通れるのか」

地図づくりを見ながら、新兵衛がたずねた。

「そこは里の者も通る道ですさかいに。いや、いまは荒れてるかもしれませんが」

和尚はあいまいな顔つきで答えた。

「高尾までなら、ここから半日もかからへんので」

鬼市が言った。

「難儀なのはそこからやね」

と、花。

「隠れ砦に通じる道は一つしかないからな」

風が右手をあごにやった。

「いったいどうやって抜けてきたんや？」

和尚が忍たちに問うた。

鬼市は手短に恐ろしい狼の谷を抜けてきた話を告げた。助けてもらった家族と再会を果たしたことも伝えた。

「沢づたいに上れば、その谷にはたどり着くわけか」

新兵衛が腕組みをした。

「さすがに上るのは無理ですわ」

鬼市がすかさず言った。

「決死の覚悟で下りるのならともかく、狼だらけの谷を上るのはちょっと」

風も首を横に振った。

「ならば、唯一通じている道を進むしかないわけですか」

和尚が案じ顔で言った。

「隠れ砦の入口には櫓《やぐら》が立ち、鉄砲を持った兵が寝ずの番をしてます。跳ね橋が上がり、下にはとがった杭がびっしりと敷き詰められてるので、普通に考えたら通れんわけやけれど」

鬼市はそこでかたわらの風を見た。

「番人に気づかれぬように近づき、襲って跳ね橋を下ろすことはできる」

風は表情を変えずに言った。

「ただし、見張りは鉄砲を持ってる。もし皆殺しにして跳ね橋を下ろしても、音が響いて隠れ砦の連中は気づくやろう」

鬼市は厳しい表情で言った。

「そこでまたいくさになるわけか」

新兵衛が腕組みをした。

「そやけど、その道しかないんで」

鬼市が言った。

「なるほど、ほかにはないな」

新兵衛がうなずく。

その顔を、大然和尚はじっと見ていた。

さらに、ほかの面々の顔も見る。

「どうかしましたか、和尚さま」

花がそれと気づいて問うた。

「あ、いや……」

和尚は座り直した。

「拙僧には観相の心得があります」

大然はそう言って、茶を少し啜った。

「人相を観《み》るわけですか」

と、新兵衛。

「いや、人相はその者の人となりを観ますが、観相はいかなる事態が迫っているか、どんなことが起こりうるか、まあそういったことを観るもんなんですわ」

和尚はそう説明した。

「では、いかなる相が浮かんでいるのでしょう」

新兵衛はさらに問うた。

「はい」

大然和尚は茶を呑み干してから続けた。

「ひとしなみに、危難に遭遇する相が浮かんでおります」

里の寺を一人で護る僧は、重々しく言った。

「危難に遭遇すると」

新兵衛の眉間に、すっとしわが浮かんだ。

「そりゃあ、裏伊賀の隠れ砦を攻めるんだから、難儀な目にも遭うでしょう」

大悟が言った。

「いや、それだけやなさそうで」

和尚が首をひねった。

「と言いますと？」

大三郎がいくらか身を乗り出した。

大然和尚は一つ咳《せき》ばらいをしてから答えた。

「ただならぬもの、つねならぬものに遭遇するという相が見えます」

「ただならぬもの、つねならぬもの」

新兵衛が復唱した。

その眉間のしわが深くなる。

「ここにいる忍らも、ただならぬものですがね」

松吉が言った。

「裏伊賀はつねならぬものだから」

竹吉も和す。

「もっとつねならぬものかもしれんので」

和尚の表情が引き締まった。

「では、いかなるものでしょう」

新兵衛がたずねた。

「さあ、そこまでは」

和尚は首を横に振った。

「何か備えのたぐいはないんでしょうか」

花が問うた。

「お守りになるようなもんか」

鬼市がくノ一に訊く。

「うん、そう」

花は短く答えた。

「それなら、数珠を授けましょう。頭数分あるかどうかは分かりませんが」

大然和尚は立ち上がった。

ややあって、和尚はあるだけの数珠をかき集めて戻ってきた。

「お好きなものをお取りください。あとでお経も伝授します」

本堂の床の上に、大小とりどりの数珠が並べられた。

「痛み入ります」

新兵衛が軽く両手を合わせてから一同を見た。

「なら、順に一つずつ取ってくれ」

討伐隊のかしらが言った。

「では、わしから」

大悟がぬっと手を伸ばし、少し迷ってから数珠を手に取った。

黒い大ぶりの数珠だ。

大三郎と源太郎が続く。

質実剛健の焦げ茶色の数珠だった。

「ちょっと足りねえな」

松吉が言った。

数えたところ、二人分足りない。

「おれはいい」

風が片手を挙げた。

「まぼろしの左に数珠をはめたことにするので」

隻腕の抜け忍はそう言って渋く笑った。

「なら、おれらは双子だから、二人で一つだ。おめえ、はめとけ」

松吉が竹吉に譲った。

「いいのかい、兄ちゃん」

竹吉が不安げに言った。

「ああ。双子は一心同体だ。おめえが数珠をはめてりゃ大丈夫だ」

松吉はそう言って笑った。

「わたしはこれに」

花は深紅の房飾りがついた小ぶりの数珠を手に取った。

鬼市は最後に残った数珠をはめた。

白い房飾りが目にあざやかな数珠だ。

身がきりりと引き締まったような心地がした。

五

「うわ、臭い」

指南役の嘉助が顔をしかめた。

裏伊賀の隠れ砦には耐えがたい臭気が漂っていた。

「辛抱せえ」

高尾の南はそう言うと、焼いた肉をわしっとほおばった。

砦の警護をしている鉄砲隊は、折にふれて狩りに出る。猪や鹿、ときには熊を仕留め、砦に持ち帰って食糧にする。干し肉にしておけば日保《ひも》ちがするから重宝だ。

だが……。

かしらに命じられて急いで狩りに出た鉄砲隊が持ち帰ったのは、食用には向かない狼だった。

群れから離れた狼が襲ってきたから是非もなかった。かしらからは狼でもいいと言われていた。鉄砲隊は殺めた狼を隠れ砦に持ち帰った。

「ぐえっ」

肉を焼いている者があまりの臭気にたえかねて吐いた。

狼の肉を切り取り、串に刺して網焼きにする。塩と醤油《しょうゆ》は振るが、焼け石に水で、臭気が弱まることはなかった。

尋常な者なら絶対に口に入れない狼の肉を、裏伊賀のかしらはわしわしと胃の腑に落としていった。

「これが血ィになり、肉になるねん」

高尾の南は平気な顔だ。

「こら、何してんねん。もっと焼かんかい」

蒼い顔をしている調理役を叱咤《しった》する。

「へ、へい……」

調理役は涙目で答えた。

「食べ終わったら、あれをやりまんのか」

嘉助がたずねた。

「おう、やるで」

裏伊賀のかしらは気の入った声を発した。

「ほな、本出しときまひょか」

指南役が言った。

「そやな。呪文は憶えたつもりやが、見ながらやったほうがええ」

高尾の南は答えた。

ほどなく、嘉助がうやうやしく秘本を運んできた。

『那言写本』だ。

次の肉もおおむね焼けた。

調理役がまたしたたかに吐く。

「こら、次はおまえの肉を焼いたるで」

かしらが叱る。

「へ、へえ……」

調理役はぐっとこらえて仕上げにかかった。

本当に人を殺めて食いかねない男だ。

「早よせえ」

高尾の南が急《せ》かせた。

「へえ」

調理役が手を動かす。

ほどなく、次の狼の肉が焼けた。

「これが兵になるねん。まあ見とけ」

耐えがたい臭いを発する肉をぐっとにらみつけると、裏伊賀のかしらは大きな口を開けてかぶりついた。

六

……般若心経《はんにゃしんぎょう》……

寺の本堂に長く尾を曳《ひ》く声が響いた。

本尊に向かって木魚をたたきながら読経をしていた大然和尚は、向き直って討伐隊に一礼した。

「ありがたく存じました」

新兵衛も頭を下げた。

「本来なら、お経をすべて諳《そら》んじていただき、危難に遭遇したら唱えていただきたいところなんですが」

大然和尚がややあいまいな顔つきで言った。

「それがしは憶えております」

源太郎が手を挙げた。

「おお、それは凄いな」

大三郎が笑みを浮かべた。

「おいらの頭じゃ無理だ」

松吉が髷《まげ》に手をやった。

「おいらも」

竹吉もお手上げの様子だった。

「わしもつらいのう」

大悟がそう言ったから、寺の本堂に笑い声が響いた。

「では、勘どころだけで」

和尚は座り直した。

「色不異空《しきふいくう》、空不異色《くうふいしき》、色即是空《しきそくぜくう》、空即是色《くうそくぜしき》……ここだけを憶えてください。これは要するに、一切を空と観ずるということです」

寺を護る者は重々しく言った。

「一切を、空と」

新兵衛がうなずいた。

「さよう。ただならぬもの、つねならぬものがまことしやかに現れても、一切を空と観ずれば、浮き足立つことなく迎え撃つことができるはず」

大然和尚はそう告げた。

「実体のない、まことしやかなものが現れるわけですか」

新兵衛は問うた。

「さあ、そこまでは拙僧には分かりかねます」

和尚は答えた。

「ほな、みなで唱えてみよう」

鬼市が言った。

「そやね」

花が言った。

「気張って憶えねば」

大悟が帯をぽんとたたいて気合を入れた。

「憶えられるかねえ」

松吉が首をひねる。

「身を助けるんだから、ちゃんと憶えねえと、兄ちゃん」

竹吉が言う。

「ああ、分かったよ」

兄が右手を挙げた。


色不異空、空不異色……

色即是空、空即是色……


ほどなく、千手観音が見守る本堂に読経の声が響きはじめた。

七

「やるで」

高尾の南の目がひときわ赤く染まった。

もうだいぶ暮れてきた。隠れ砦は暗い。

火が燃えている。

『那言写本』が伝授する秘法を行うときは、火を熾すべしと記されていた。

大きな行灯《あんどん》の灯りが書物を照らす。

古い秘本の文字が浮かびあがる。

那ノ言《こと》ニ従フベシ

唱ヘヨ、唱ヘヨ

旧キ者ニ祈ルベシ

高尾の南の唇が動いた。

書物の通りに声を発し、復唱する。

那ノ言ニ従フベシ
唱ヘヨ、唱ヘヨ
旧キ者ニ祈ルベシ

己《おの》ガ肉ヲ切リ
那ノ言ノ息吹ヲ吹キコマバ
分霊《わけみたま》ヲ宿セシ者ラハ
自在ニ動クベシ

『那言写本』をぐっとにらみ、高尾の南はしゃがれた声で復唱した。

那ノ言ニ従フベシ
唱ヘヨ、唱ヘヨ
旧キ者ニ祈ルベシ

目覚メヨ、大イナル者ヨ
コノ世デ最モ旧キ者ヨ
己ガ身ヲ切ル者ニ
ソノ類ヒ稀《まれ》ナル力ヲ与ヘヨ

「いざ」

裏伊賀のかしらは刃を構えた。

すでに下帯一丁の姿になっている。仁王を彷彿《ほうふつ》させる筋骨隆々たる姿だ。

両肩の筋肉が盛り上がっている。まるで瘤《こぶ》のようだ。

「いくで」

高尾の南の右手が動いた。

左肩の肉を切る。

おのれでおのれの肉を切っていく。

血がぱっと飛び散った。

途方もない痛みに耐え、裏伊賀のかしらはさらに刃を動かした。

その場に立ち会っているのは、指南役の嘉助と、鉄砲隊の隊長だった。どちらも目を瞠ったままだ。

那ノ言ニ従フベシ
唱ヘヨ、唱ヘヨ
旧キ者ニ祈ルベシ

目覚メヨ、目覚メヨ
大イナル者ノ力ヨ
肉片ノ只中《ただなか》ニ目覚メヨ

声が高くなった。
高尾の南はひときわ鋭く手を動かした。
ぼとり、と肉の塊が床の上に落ちた。
那ノ言ニ従フベシ

唱ヘヨ、唱ヘヨ
旧キ者ニ祈ルベシ

己ガ肉ヲ切リ
那ノ言ノ息吹ヲ吹キコマバ
分霊ヲ宿セシ者ラハ
生クル人ノゴトクニ動クベシ

行灯の灯りが肉塊を照らす。
それはおもむろに変容しはじめた。
手が生え、足が生え、蠢《うごめ》きながら首が生まれた。
「うわあっ」
指南役が声をあげた。
肉塊から生まれた人体がむくむくと起き上がったのだ。

那ノ言ニ従フベシ

唱へヨ、唱へヨ
旧キ者ニ祈ルベシ

目覚メヨ、大イナル者ヨ
コノ世デ最モ旧キ者ヨ
己ガ身ヲ切リシ者ニ
ソノ類ヒ稀ナル力ヲ与ヘヨ

首には顔ができていた。

口が開き、耳が生まれ、鼻が生じる。

そして……。

カッと両目が開いた。

「か、かしらが……」

指南役はあえぎながら言った。

「こ、これは」

鉄砲隊の隊長が目をいっぱいに見開く。

肉塊から生まれた怪しいものの顔は、裏伊賀のかしらにそっくりだった。

旧キ者ニ祈ルベシ
唱ヘヨ、唱ヘヨ
那ノ言ニ従フベシ

目覚メヨ、目覚メヨ
大イナル者ノ力ヨ
解キ放タレシ分身ノ只中ニ目覚メヨ

息吹がこめられた。
分身の目が、だしぬけに真っ赤に染まった。

第九章　討伐隊と分身隊

一

　どこを見ても血だらけだった。

　裏伊賀のかしらは全身を切り刻まれた無残な姿になっていた。

　ただし、敵にやられたわけではない。おのれの手でおのれの肉を切り取り、次々に分身を生ぜしめたのだ。

　普通の者なら、すでに落命しているだろう。これほどまでに血と肉が失われてしまったなら、とても生きてはいられない。

　だが……。

　高尾の南は常人ではなかった。

おのれの肩や、胸や、腹や、太腿の肉を切り取り、全身が血まみれになっても平然と立っていた。

その唇が動く。

那ノ言ニ従フベシ
唱ヘヨ、唱ヘヨ
旧キ者ニ祈ルベシ

己ガ肉ヲ切リ
那ノ言ノ息吹ヲ吹キコマバ
分霊ヲ宿セシ者ラハ
生クル人ノゴトクニ動クベシ

『那言写本』にも血の飛沫《ひまつ》がかかっていた。

そのせいで、さらにたたずまいが禍々《まがまが》しく見える。

秘本が伝える秘法を、裏伊賀のかしらは実行に移した。

いかに秘法が伝えられ、呪文が記されていても、これを実際に行うのは至難の業だ。筋肉の鎧《よろい》に覆われ、並々ならぬ生命力を有する者でなければ、とても操ることができない術だった。

同じ分身の術でも、従来の忍術書に記されていたものとはまったく違った。忍法では相手の頭に術をかける。催眠術のごときものをかけ、おのれの身が八方に分かれたかのように錯覚させる。

せんじつめれば、それはまやかしにすぎない。さりながら、『那言写本』が伝える分身の術は違った。おのれの肉片を切り取り、息吹を与えて命あるもののごとくに動かす。催眠術とは比ぶべくもない力業だった。

また一人、分身がむくむくと起き上がった。

初めは一寸法師ほどだった分身は、息吹が与えられるにつれて膨れ上がり、やがて顔の造作を備えていった。

赤い目が開けば、高尾の南と寸分も違わない分身と化した。武器を操ることもできる屈強な兵だ。

「か、かしら……」

指南役の嘉助が震え声で言った。

「もうそのあたりで。死んでまいますで」

涙目でそう訴える。

「そやな」

高尾の南は短刀を捨てた。

「手当てをせんと」

鉄砲隊の隊長がおろおろしながら言った。

「布と薬草はありますよってに」

嘉助も言う。

「あとでええ」

裏伊賀のかしらは右手を挙げて制した。

動かした右肩の肉も深くえぐり取られている。

「おのれら」

高尾の南は分身たちに言った。

最後の分身がむくむくと起き上がる。

隠れ砦のかしらの居室に勢ぞろいした分身たちは、おおよそ二十ほどだった。

洞窟の中の居室は存外に広いが、さすがにこれだけいると狭く感じられた。あたりには血の臭いと、まだ狼の肉の臭いがたちこめている。

「ええか、おのれら」

分身たちに向かって、高尾の南は告げた。

「抜け忍どもには、これまで煮え湯を呑まされてきた。なんぼ追っ手を放っても、返り討ちにしよるんや、あいつら」

左の手のひらに、右の拳が思いきり打ちつけられた。

思わず顔がゆがむ。

肉片を切り取った傷跡が同時にうめくのだ。

「おのれらが、最後の手立てや」

高尾の南が言った。

「おのれらは、どいつもこいつもわいや。わいが沢山《ようけ》おるねん。これで負けるはずがあらへん」

傷だらけの裏伊賀のかしらは昂然と言い放った。

「抜け忍どもらは、討伐隊を組んでこの砦を落とすつもりらしい。身の程知らずのあほだらがっ」

高尾の南の声が高くなった。

目が怒りで真っ赤に染まる。

同時に、分身たちの目も赤くなった。すべての分身の目が真っ赤に染まった。

「あほどもは皆殺しにしてこい。迎え撃ったれ」

裏伊賀のかしらが命じた。

へい……

へい……

地の底から響くような声が、幾重にもかさなって洞窟に谺《こだま》した。

二

「では、くれぐれも気をつけて」

寺を出たところで、大然和尚が言った。

「世話になりました」

新兵衛は頭を下げた。

「拙僧も読経をしながら無事をお祈りしております」

和尚は両手を合わせた。

「また帰ってきますんで」

松吉がことさらに軽い調子で言った。

「うまい茶粥《ちゃがゆ》を食べに戻りまさ」

竹吉も笑みを浮かべた。

ふるまわれたのは伊賀ではありふれた茶粥と香の物だったが、心にしみる味だった。

「なら、行くぞ」

新兵衛が気の入った声を発した。

「おう」

「よしっ」

大三郎と源太郎、二人の剣士がおのれを鼓舞する。

忍たちは何も声を発しなかった。ただまなざしに力をこめただけだった。

寺を出た討伐隊は、山道をたどり、まず霧生の里へ向かった。

小川で水車が回っていたから、もしやと思って近くの家をたずねてみた。しかし、人が住んでいる気配はなかった。

「だれもおらぬな」

　里の路を歩きながら、新兵衛が言った。

「犬も猫もおらんで」

　大悟が言う。

「人の気を感じるか」

　新兵衛は鬼市に問うた。

「いや……だれもおらんようです」

　鬼市は少し間を置いてから答えた。

　人々が死に絶えたかのような里を過ぎると、再び山道になった。

「この道でええね」

　手描きの地図を見ていた花が言った。

「ここをまっすぐ行ったら、いよいよ高尾や。その先にもう里はない」

　鬼市が言う。

「あるのは裏伊賀の隠れ砦のみか」

　落ち葉を踏みしめながら、新兵衛が言った。

熊笹《くまざさ》をかき分けながら、さらに進む。

伊賀の南部とはいえ、厳冬期には雪が積もることがある。それまでに来られたのは幸いだった。

みな無言で進む。

裏伊賀の隠れ砦は近い。いつだしぬけに刺客が姿を現わすか分からない。

周りの気配に気を研ぎ澄ませながら、一歩ずつ進んでいく。

やがて、炭焼き小屋が見えてきた。里は近い。

「あの山や」

視野が開けたところで、鬼市がある向きを指さした。

「隠れ砦のある山か」

新兵衛が問う。

「あの山の裏のほうですわ」

鬼市は答えた。

何の変哲もない山に見えるが、越えれば裏伊賀の隠れ砦だ。

ほどなく、道が下りになった。

「あっ、家だ」

大三郎が行く手を指さした。

藁ぶき屋根が見える。

高尾の里が見えてきた。

三

裏伊賀に最も近い里も無人だった。

動く影は鳥だけだ。

「だれかおらぬか」

「いたら返答してくれ」

手分けして呼びかけたが、返事はなかった。

竈の煙も見えない。

里から人の気配は絶えていた。

「疫病か何かで人が死に絶えたかのようだな」

厳しい表情で新兵衛が言った。

「裏伊賀も疫病みたいなものだで」

大悟が言う。

「まあ、たしかに」

新兵衛は苦笑いを浮かべた。

そのうち、小さな寺が見つかった。

ここも無住だった。住職の姿はない。

「だいぶ荒れているが、雨露はしのげそうだ」

新兵衛が言った。

「火も熾せます」

大三郎が竈のほうを指さした。

「ならば、日が暮れるまでに支度を整えることにしよう」

討伐隊のかしらが言った。

「承知で」

「ひとまず荷を下ろしましょう」

双子の十手持ちが言った。

里にめぼしいものが何もないときに備え、大然和尚は味噌と麦を分け与えてくれた。おおむね荒れてはいたが、里を探すと干し大根などがいくらか手に入った。これで夕餉はどうにかなる。

三人の忍は松明《たいまつ》をつくった。油もどうにか調達することができた。

火が熾った。

荒れ果てた本堂の床に、手書きの地図が広げられた。

味噌のいい香りが漂っている。大悟が自慢の腕を活かし、麦粥をつくっていた。途中で食べられそうな茸《きのこ》も採ってきている。毒の有無を判じるのは、忍にはたやすいことだ。おかげで存外に豪勢な粥になった。

「夜陰に乗じて、いよいよ隠れ砦に攻め上るぞ」

新兵衛が言った。

「へい」

「いよいよですな」

松吉と竹吉が腕を撫《ぶ》す。

「一列になって進む。前、中、後ろを忍に固めてもらおう」

新兵衛が引き締まった顔つきで言った。

「おれが先陣を」

鬼市が真っ先に手を挙げた。

「よし、いいぞ」

新兵衛がすぐさま答えた。

「では、それがしが続きましょう」

大三郎が身を乗り出した。

「それがしも前のほうで」

負けじと源太郎も言った。

ここで麦粥ができた。

さっそく味わいながら、さらに細かいところを詰めていく。

「道の様子は分かるか」

新兵衛は鬼市の顔を見た。

「いや」

鬼市は首を横に振った。

「おれは裏のほうの崖を下りて、狼の谷を抜けてきたんで」

抜け忍は答えた。

「おれも同じで」

風が言う。

「花はまっすぐ下りてきたやろ」

鬼市はくノ一を見た。

「そやけど……あのときは頭に霧がかかってたさかいに」

花はあいまいな顔つきで答えた。

同じ抜け忍でも、花は初め刺客として放たれた。その後洗脳を解かれ、抜け忍と同じかたちになったが、経路が違う。隠れ砦から麓の高尾の里に通じる正規の路を進んだのは花だけだった。

「何でもよい。憶えていることはないか」

麦粥をかきこむ手を止めて、新兵衛はたずねた。

花はしばしこめかみに指を当てて思案していた。

「ああ、そういえば……」

くノ一の瞳に光が宿った。

「何か思い出したか」

鬼市が問う。

「枝が曲がりくねった松が植わってたん。そこで景色ががらっと変わって」

花は記憶をたどって答えた。

「どう変わるんだ？」

新兵衛がたずねた。

「松の先、つまり隠れ砦に近いところは道が急で、木ィも生えてないはげ山になってました」

花は答えた。

「なるほど、そこからが難所だな」

新兵衛はそう言って、残りの粥をかきこんだ。

「はげ山の両側から襲ってきたりしたら困りますね」

源太郎が懸念を示した。

「されど、ほかに道はないぞ」

大三郎が言う。

「がっと突き進むしかねえでしょう」

松吉が身ぶりをまじえた。

「そうだな。もしただならぬもの、つねならぬものが出たら、お経と数珠がある」

新兵衛は軽く拝むしぐさをした。

「肚をくって行くしかないで」

最後におのれの分の麦粥を持ってきた大悟が言った。

「で、首尾よく隠れ砦の入口まで着いたとする。そこからの段取りもおおむね決めておかねばな」

新兵衛がまた地図を指さした。

「寝ずに見張りをしている番人が櫓にいます。それを手裏剣で斃し……」

鬼市は手裏剣を打つしぐさをした。

「できれば鉄砲も撃たせないようにしたいところだな」

風が言った。

銃声が響けば、裏伊賀の精鋭たちが目を覚ます。

跳ね橋が下りても、向こうに敵の群れがいたら苦戦は必至だ。

「ならば、そこまでは忍の出番だ」

新兵衛は白い歯を見せた。

「承知で」

鬼市は気の入った声で答えた。

「しかし、まずはそこまでたどり着かねば」

討伐隊のかしらがまなざしに力をこめた。

「気ィ入れて行かんとな」

鬼市が花のほうを見た。

「そやね」

くノ一がうなずく。

「よし、今夜だ」

新兵衛が手のひらに拳を打ちつけた。

「竜太郎を襲って傷を負わせた裏伊賀は、これまであまたのわらべをさらい、修行の途中で落命に至らしめてきた。そのせいで、麓はおおむね死の里と化し、人気がすっかり絶えてしまった。裏伊賀を一掃し、再び村に竈の煙が立ち上るようにせねばならぬ」

討伐隊のかしらは言った。

「われらには仏のご加護があります。恐れずまいりましょう」

大三郎が数珠を巻いた手をかざした。

「よし」

源太郎が力強く続く。

「お経を忘れず、気をたしかにもって臨めば、たとえただならぬもの、つねならぬものが行く手に現れても恐れることはない。気を引き締めて行くぞ」

討伐隊のかしらが言った。

「おう」

「行くぞ」

気の入った声が重なって響いた。

四

夜になると、風はいちだんと冷たくなった。

吐く息が白い。

裏伊賀の討伐隊は、いよいよ隠れ砦に向かって動きはじめた。

鬼市が先導し、火の松吉が松明を握って続く。

その後ろに水の竹吉。さらに、良知大三郎と朝比奈源太郎が進む。

中ほどにくノ一の花がいる。左手に松明、右手に槍を持って、明月院大悟が続く。

かしらの城田新兵衛は、周りに目を光らせながら後方を進んでいた。さらに、隻腕の抜け忍の風がしんがりをつとめる。ひとたび急あらば、風はさっと岩場を伝い、前へ進んで加勢する。そういう段取りになっていた。
夜鳥が鳴いている。
不吉な鳴き声は、幾重にもかさなって響いてきた。
それにまじって、獣のうなり声が聞こえてきた。
「狼だな」
新兵衛がぽつりと言った。
だれも答えない。
足音だけが響く。
またうなり声がした。地の底から響くような声だ。
「気味が悪いな」
竹吉がぽつりと言った。
「狼の谷は遠いんで」
鬼市がなだめるように言った。
やがて雲が切れ、月あかりが差しこんできた。
鬼市はふと夜空を見上げた。瞬く星がいやに近く感じられた。
最後尾の風は瞬きをした。

気を感じたのだ。

むろん、敵の気配だ。

ただし、すぐさま告げることはなかった。人の気にしては、いささか妙なところがあったからだ。ことによると思い過ごしか、獣の気配かもしれない。

さらに前へ進む。

少しずつ上りがきつくなってきた。

「うわっ」

竹吉が声をあげた。

道には大小とりどりの石が転がっている。その一つにつまずいてしまったのだ。

「大丈夫か」

松吉が振り向いて気づかう。

「あ、ああ、すまねえ」

竹吉は体勢を立て直して答えた。

鬼市は目を凝《こ》らした。

行く手に一本の木が見えたのだ。

「松が見えます」

先頭を進む者が言った。
「いよいよ難所だな。気を引き締めて行け」
新兵衛の声に力がこもった。
じゃらっ、と音が響く。
だれかが数珠に触ったのだ。
やがて、松のかたちがくきやかになった。
ここから先は、もう裏伊賀の息が濃くかかるところだ。
隠れ砦は近い。
ひときわ上りが険しくなる。
腕の力も使い、身を慎重に引き上げていく。
そして、松を過ぎた。
討伐隊の最後尾まで、目印の松を通り過ぎた。
そのとき、左前方のはげ山に、異なものが現れた。
闇の中で、真っ赤な目が同時に光った。

五

ただならぬものは群れをなして現れた。

声が響く。

「われこそは、高尾の南なり」

この世のものとは思われぬ声だ。

「われこそは、高尾の南なり」

地獄の底から響くがごとき声が、なぜか天から降るように聞こえてきた。

「われこそは、高尾の南なり」

一が二になり三になり、

「われこそは、高尾の南なり」

三が十になり、百になる。

「われこそは、高尾の南なり」

世は同じ言葉で満たされていった。

鬼市は瞬きをした。

つねならぬ者たちが襲ってきた。
背に負うた忍び刀を抜き、狙いを定める。
実体があるものはただ一人で、あとは幻術だと思ったのだ。
だが、そうではなかった。
同じ顔をしたつねならぬものは、ことごとくたしかな実体を備えていた。
「われこそは、高尾の南なり」
そう声を発しながら、敵が剣を振り下ろしてきた。
膂力《りょりょく》にあふれた剣だ。
「なんじゃ、こやつらは」
源太郎が叫んだ。
必死に防戦したが、次から次へと襲ってくる。
「お経だ、源太郎」
大三郎が言った。
これはただならぬもの、つねならぬものだ。
赤い目を見れば分かる。
その力を殺ぐためには、経を唱えねばならない。

「われこそは、高尾の南なり」

同じ言葉を唱えるつねならぬ者たちを封じるには、類い稀なる言霊の力が必要だ。

「色不異空、空不異色、色即是空、空即是色……」

源太郎はすぐさま言われたとおりにした。

凜とした声で般若心経の一節を唱える。

「色即是空、空即是色……」

声がひときわ高くなった。

目睫《もくしょう》の間《かん》にまで迫っていた敵の目の色が、不意にいくらか薄くなった。

動きも少し遅くなった。

もし経を唱えなければ、たちどころに斬られていたかもしれない。

それほどまでに、つねならぬ者は剣呑だった。

どれも裏伊賀のかしらの分身だ。

膂力にあふれている。胸と肩の肉の盛り上がりは金剛力士のようだ。

「ぎゃっ」

悲鳴がもれた。

「兄ちゃん」

竹吉が声をあげた。

兄の松吉が斬られたのだ。

つねならぬものが襲ってきたとき、竹吉は経を唱えた。間一髪のところで敵の動きが緩慢になり、狂剣をかわすことができた。

しかし、松吉はとっさに出てこなかった。

しかも、数珠をはめていなかった。数が足りないから、兄弟で一つということにしてあった。

「われこそは、高尾の南なり。思い知れ」

赤い目をした異形の者の剣は、火の松吉の肩から腕のあたりを深々と斬り裂いていた。

「ぐっ」

新兵衛がうめいた。

敵の剣をまともに受けたが、柳生新陰流の遣い手も思わずたじろぐほどの強さだった。

「お経だ、かしら」

鬼市が必死に叫んだ。

抜け忍は手裏剣を打った。

鬼市も花も風も、次々に手裏剣を放った。

だが……。

敵が怯むことはなかった。

「われこそは、高尾の南なり」

「われこそは、高尾の南なり」

「われこそは、高尾の南なり」

同じ言葉を発しながら、なおも襲ってくる。

手裏剣はことごとく命中していた。

普通なら、敵はそれで斃れるはずだった。

一撃必殺の手裏剣だ。先端には毒が塗られている。四肢を痙攣《けいれん》させ、たちどころに絶命するはずだった。

しかし……。

ただならぬもの、つねならぬものは違った。

眉間や頭に手裏剣を打たれながらも、平然と近づいてきた。

「われこそは、高尾の南なり」

「われこそは、高尾の南なり」

「われこそは、高尾の南なり」

同じ赤い目だ。

一度聞いたら忘れられない声が、凶器のごとくに雨あられと降ってくる。

「兄ちゃん、しっかりしな」

竹吉が手負いの兄にすがりついた。

そこへまた兵が襲ってきた。

いかん……。

鬼市は急を察した。

「色不異空、空不異色、色即是空、空即是色……」

和尚から教えられたとおり、一切を空と観じ、経を唱《とな》えてつねならぬ力を殺ぐ。

経を唱え終えた鬼市は、素早く動いて迎え撃った。

間一髪だった。

鬼のごとき体の敵をからくも撥《は》ねのけ、竹吉を護る。

「退《ひ》けっ」

その様子を見た新兵衛が命じた。

早い、と鬼市は思った。

恐るべき敵だが、泣きどころはある。経を唱えれば、動きが鈍るのだ。粘って応戦していれば、そのうち反撃に出られるかもしれない。

しかし、討伐隊の隊長は退却を命じた。

「退けっ、麓まで退けっ」

その声を聞いて、討伐隊は敗走を始めた。

大三郎も源太郎も大悟も、ひたすらに経を唱えながら山道を下りはじめた。

「逃げてっ」

花が竹吉に声をかけた。

このままでは兄に続いて弟もやられてしまう。

まだ戦いたかったが、鬼市はあきらめた。ここはいったん退くしかない。

「颪」

鬼市は隻腕の抜け忍に声をかけた。

「おう」

短い声が返ってきた。

「わいは手負いの松吉はんを背負うて下りる。おまえ、しんがりをつとめてくれ」

鬼市は言った。

討伐隊の最後尾で、襲ってくる敵を食い止める役だ。

「分かった」

風が滑るように動いた。

「われこそは、高尾の南なり」

「われこそは、高尾の南なり」

怪しいものどもはわらわらと襲ってくる。

さながら鬼の軍勢だ。

「色不異空、空不異色、色即是空、空即是色……」

経を唱えて敵の力を殺ぎ、剣を受けながら山を下る。

必死の防戦だった。

ことに鬼市は手負いの松吉を背負っての下山だ。難儀が募った。

「先に行ってくれ」

兄を案じてまとわりつく竹吉に向かって、鬼市は懸命に言った。

気持ちは痛いほど分かるが、素早く逃げないとみなやられてしまう。

「へい」

涙をぬぐって、竹吉は先を急いだ。

後ろでは風が奮戦していた。

経を唱え、忍び刀で迎え撃つ。

数珠ははめていないが、まぼろしの左がある。

高尾の南の分身は、攻め込んだところで不意の一撃を食らって止まった。

それでも倒れることはなかった。

急所のみぞおちに強烈なまぼろしの左を食らっても、一瞬動きを止めただけで、また何事もなかったかのように襲ってきた。

みな不死身だ。

「うわっ」

悲鳴があがった。

大悟が足を踏み外し、崖から落ちそうになったのだ。

「手を」

「しっかりつかまって」

大三郎と源太郎が助けに走る。

二人がかりで助けたおかげで、幸い、事なきを得た。

「しっかりせい。もうちょっとや」

背に負うた松吉を励ましながら、鬼市は懸命に下った。

しかし、返事はなかった。

息が荒い。

おびただしく出血していることは、衣に伝わってくる気配で分かった。

西條寿一斎の顔がだしぬけに浮かんだ。

だが、腕のいい金瘡医がいるのは遠く離れた江戸だ。

「兄ちゃん、気張れ」

おのれも歩を進めながら、竹吉は声だけ発して双子の兄を励ました。

「色不異空、空不異色、色即是空、空即是色……」

後ろでは風の声が聞こえた。

どうやら懸命の防戦が続いているようだ。

「われこそは、高尾の南なり」

「われこそは、高尾の南なり」

「われこそは、高尾の南なり」

地の底から響くような声が、少しずつ遠ざかっていった。

ことによると結界のごときものがあり、深追いはしてこないのかもしれない。それなら、ひとまず麓までは逃げられる。

月あかりの道を、討伐軍は敗走した。

やがて、人家が見えてきた。

無人になった高尾の里に着いたのだ。

第十章　阿吽の軍議

一

「兄ちゃん、しっかりしろ」

竹吉が必死の形相で言った。

無住の寺の床であお向けになった松吉は、まだかろうじて息があった。

ただし、両目は閉じたままだ。

「湯を沸かせ」

新兵衛が命じる。

「布巻きを」

大悟が手当てを買って出た。

「兄ちゃん、兄ちゃん」

竹吉が懸命に呼びかけた。

だが……。

傷は深かった。

山を下り、ここに運びこまれるまでに、大量の血が失われてしまっていた。

唇が蒼い。

その唇がかすかに動く。

「兄ちゃん、気張ってくれ」

竹吉が兄の手を握った。

それは冷たかった。まったく血が通っていないかのように冷たかった。

「湯はまだか」

新兵衛が問う。

「まもなくです」

花が答えた。

松吉が目を開いた。

瞬きをする。

「兄ちゃん、気がついたか」

双子の弟が兄の顔を覗きこむ。

「おいらだ。竹吉だよ」

竹吉は声をかけた。

「竹……」

かすかな声がもれた。

「分かるかい。生まれてからずっと一緒にいた竹吉だ」

弟はかすれた声で言った。

「おいらはここにいる。大丈夫だ。きっと助かる」

半ばはおのれに言い聞かせるように竹吉は言った。

「しっかりしろ」

新兵衛も励ます。

「おれにはまだおまえの力が要る。気張れ。ここが峠だ」

かつての手下に向かって、新兵衛は懸命に言った。

しかし……。

松吉は力なく首を横に振った。

「世話に……なりやした」

のどの奥から絞り出すように言うと、松吉は弟のほうを見た。

「竹……」

その手をしっかり握る。

「おっかあに……」

松吉はそう切り出した。

双子の十手持ちの父は早逝したが、母は長屋で一緒に暮らしている。

「どうか……」

そこで言葉がとぎれた。

あふれる思いを、松吉はもう伝えることができなかった。

湯が沸いた。

花が白湯《さゆ》を運んできた。

「兄ちゃん、呑みな」

竹吉が湯呑《ゆの》みを近づけた。

「頭を持ち上げてやれ」

新兵衛が鬼市に言った。

「はい」

鬼市は言われたとおりにした。

どうか助かってくれ。

剣が峰でこらえてくれ。

そう念じながら、鬼市は松吉の頭を慎重に持ち上げた。

大三郎と源太郎、大悟に風。

ほかの面々は固唾《かたず》を呑んで見守っている。

「さ、兄ちゃん」

竹吉が湯呑みを近づけた。

松吉はわずかに口をつけた。

蒼ざめていた唇の色が、ほんの少しだけよみがえる。

「竹……」

松吉は弟の顔を見た。

そして、最後の言葉を発した。

「ありがとな」

そう言い残すと、松吉の瞳から光が薄れていった。

「兄ちゃん」

竹吉が湯呑みを置き、兄の顔をのぞいた。

げふっ、と息がもれる。

「兄ちゃん、兄ちゃん！」

竹吉は必死に兄の体をゆさぶった。

しかし、返事はなかった。

松吉はすでに絶命していた。

二

伊賀の闇を、松明を掲げた列が粛々と進んだ。

ときおり嗚咽《おえつ》の声がもれる。

兄を亡くした竹吉の悲しみの声だ。

裏伊賀の麓の高尾にいたら、また追っ手が来るかもしれない。討伐隊はさらに退き、大然和尚の寺へ向かうことになった。

むろん、松吉の弔いもある。大然和尚の寺になきがらを葬り、遺髪だけ竹吉が江戸へ持ち帰ることになった。

初めのうち、竹吉が兄のなきがらを背負っていたが、あまりにも悲しみが深すぎてとうとう歩けなくなった。いまは大悟が背負って進んでいる。

だれもひと言も発しない。一敗地にまみれてしまった討伐隊の周りには重い気が立ちこめていた。

鬼市もまた、悲しみをこらえながら歩いていた。

生前の松吉が発した声がよみがえってくる。

あの言葉やこの言葉が、つい耳元で響いたかのようによみがえる。

だが……。

いつまでも悲しみに沈んでいるわけにはいかない。弔い合戦をせねばならない。

「次や」

鬼市がぽつりと言った。

長い間があった。

「次だな」

新兵衛がようやく声を発した。

「このままでは終わらぬ」

大三郎が言う。

「敵討ちをせねば」

源太郎も和した。

「ひとまず寺で弔いをしてからだ」

討伐隊のかしらが言った。

「さっきのは下見だで」

松吉を運びながら、大悟も言う。

「どうあっても、弔い合戦をせねばな」

新兵衛が言った。

「松吉さんだけやない。裏伊賀にやられた沢山《ぎようさん》のもんの弔い合戦をせんとあかん」

鬼市が言った。

かたわらを歩く花がうなずく。

風はここでもしんがりをつとめていた。

幸い、追ってくる気配はなかった。

そのうち、空がだんだんと白みはじめた。

「夜が明けるぞ」

新兵衛は足を速めた。

道が下りになり、里が見えてきた。

やがて、寺の甍がはっきりと見えた。

「和尚さんが」

花が指さした。

寺の前に、大然和尚が立っていた。

「察するものがあったのかもしれぬ」

新兵衛が言った。

討伐隊の姿を認めると、大然和尚はゆっくりと両手を合わせた。

三

弔いは終わった。

大然和尚がねんごろに経を読んだあと、墓地に穴を掘って松吉を埋葬した。

ここでも竹吉は泣きどおしだった。

最後に髷を切り落とすときは、短刀を持つ手が小刻みに震えていた。

「敵は討ってやる。迷わず成仏せよ」

かつての手下に向かって、新兵衛はそう告げて両手を合わせた。

みな一睡もしていないが、気が高ぶっていて、とても眠れそうになかった。

「ともかく、茶粥をつくるでの」

大悟がつくり手を買って出た。

ややあって、あたたかい茶粥ができあがった。

それぞれに味わいながら話す。

「そうそう。あとで討伐隊に一人加わりますぞ」

和尚が告げた。

「討伐隊に？」

新兵衛が訊く。

「さよう。熊太郎《くまたろう》という男で、このあたりの里では珍しく家に居残っております。それにはわけがあって……」

大然和尚は座り直して続けた。

「せがれの熊吉《くまきち》が裏伊賀にさらわれたんですわ。そこで、わが手で奪い返したいと」

和尚は身ぶりをまじえた。

「わいらと一緒や」

鬼市は小声で花に言った。

くノ一がうなずく。

「昨日、入れ替わりに寺へ来たので、討伐隊の話をしたところ、もうちょっと早ければ加われたのにと切歯《せつし》扼腕《やくわん》しておりましてな。今日も様子を見に来ると言うていたんで、おっつけ姿を現わしましょう」

和尚が言った。

「なるほど。兵は一人でも多いほうがいいので」

新兵衛が言った。

「田舎相撲で鳴らした男ですから、力にはなると思います」

和尚は久々に笑みを浮かべた。

ほっ、と一つ鬼市は息をついた。

茶粥の味が心にしみた。

生き返るような心地がした。

「うまいな」

大三郎が言う。

「ああ、うまい」

源太郎もしみじみと言った。

「こんなうめえ粥を、兄ちゃんはもう食えねえ。おいらだけ食って悪いな」

竹吉はそう言って、また袖で目を覆った。

「あの世から見守ってくれている。生き残った者は食え」

新兵衛が言った。

「へえ……」

竹吉は短く答えると、また箸を動かしだした。

「墓に何か木を植えてやってもいいかもしれぬな」

ふと思いついて、新兵衛が言った。

「それなら、当寺にはいい枝ぶりの桜の木があります。春には遠くの里から見物しに来る人もいるくらいで」

大然和尚がすぐさま言った。

「兄ちゃんの墓に、桜を植えてやってくだせえ」

竹吉は箸を置いて言った。

「それなら、江戸で桜を見るたんびに、兄ちゃんも墓から見てると思えまさ。一緒に花見ができまさ」

あとはまた言葉にならなくなった。

「植えましょう、桜の若木を」

大然和尚が笑みを浮かべた。

「どうぞよろしゅうに」

竹吉は深々と一礼した。

四

大然和尚の言葉どおり、熊太郎はやってきた。

討伐隊が戻ってきたことを知り、せがれを裏伊賀にさらわれた男は初めは喜んだ。しかし、一敗地にまみれ、死人まで出てしまったことを知ると、その表情はにわかに引き締まった。

「喜んですまなんだ」

六尺豊かな大男は頭を下げてから続けた。

「そやけど、せがれを助け出しに行きたいんや。つれてってくだせえ」

熊太郎はそう懇願した。

「力はありそうだな」

新兵衛が言う。

「へえ。田舎相撲では大関ですんで」

熊太郎は力こぶをつくってみせた。

「相撲仲間はほかにもいるのか？」

新兵衛がたずねた。

「みな伊勢のほうへ逃げてまいましたわ。ここいらの里はみんなそうや。わいみたいに子ォをさらわれたらかなんさかいに」

熊太郎はあいまいな顔つきで答えた。

「ここにいる三人の忍も、裏伊賀にさらわれて、隠れ砦から抜けてきたんだ」

新兵衛は手で示した。

「ほんまでっか？」

偉丈夫が目を瞠った。

「ほんまです。さらわれたわらべを救いに行きますんで」

鬼市が答えた。

話を聞くと、熊太郎の子の熊吉はまだ四つだという話だった。さらわれたのは一年前だから、いまは五つになっている。親としては、わが子の安否が気遣われてたまらないだろう。

「それくらいの歳《とし》でも修行させるさかいにな」

鬼市が凪に言った。

「もっと小さければ、閉じこめておくだけだが」

同じ抜け忍が答えた。

「隠れ砦に牢でもあるのか」

大三郎がたずねた。

「隠れ砦の半分は洞窟の中で、それに建物がくっついてるんですわ。洞窟やさかい、牢みたいなところはわりかたつくりやすいんで」

鬼市はそう答えた。

「次は砦の中の絵図面もつくってから行けばどうでしょう」

源太郎が案を出した。

「そうだな。砦へ至る道は、もうおおむね分かったゆえ」

新兵衛がうなずいた。

「なら、また軍議だで」

大悟が笑みを浮かべた。

「寺やさかい持ってこられなんだ鹿肉が家にありまっけど、どないです？」

熊太郎が水を向けた。

「そりゃあ精がつきそうだ」

大悟がすぐさま言った。

「なら、取ってきますんで」

田舎相撲の大関は、存外に機敏な身のこなしで立ち上がった。

五

寺に運ばれた鹿肉は、大悟が気を入れて調理した。

屋台の鍋焼きうどんばかりでなく、以前は出張料理も行っていた。鹿肉もむかしさばいたことがあるらしく、なかなかに手慣れたものだった。

切った肉は網でじっくりと焼き、塩を振る。醤油と味噌をまぜた即席のたれにつけ、麦飯とともに食す。

「にんにく醤油があればうまいんだが、まあこれでもいけるはず」

大悟が言った。

「茸も持ってきましたで」

熊太郎がざるを手で示す。

「なら、それも」

料理人の手が動いた。

「どんどん焼いて食おう。精をつけておかねばな」

新兵衛が言った。

麦飯と香の物だけの和尚もまじえて、夕餉は進んだ。

そのあいだ、三人の抜け忍から隠れ砦のつくりを事細かに聞いた。和尚が書き役を買って出てくれたから、絵図面はただちにできあがった。

「向こうの出方次第だが、これで砦で迷うことはない」

絵図面を見て、新兵衛がうなずいた。

「あとは、あやつらをどう退治して、隠れ砦へ入るかですが」

大三郎が腕組みをした。

鹿肉はあっという間になくなった。初めは食が細かった竹吉も、時をかけて胃の腑に落としていた。

「あやつらとは？」

熊太郎が訊いた。

「ただならぬもの、つねならぬものが出てな」

大悟が答えた。

「そのあたりを説明しながら、次はどう戦えばよいか軍議を続けることにしよう」

新兵衛が言った。

「承知で」

真っ先に鬼市が答えた。

六

同じころ――。

裏伊賀の隠れ砦では、かしらの胴間声が響いていた。

「なんで追いかけて皆殺しにせえへんねん」

戻ってきた分身たちに向かって言う。

その姿は無残にして魁偉《かいい》だった。

全身を布で覆われている。

初めは白かったのだが、血がしみて半ば赤黒く変色していた。

おのれの肉を切り刻み、あまたの分身をつくりあげて息吹をこめた。

分身隊は裏伊賀の討伐隊を敗走させた。初陣としては上出来だったが、高尾の南は決して満足してはいなかった。

「追い払っただけで戻ってきたんか。首の一つでも持ってこんかい」

おのれの分身たちに向かって言う。

太腿の肉も切り取り、立っているのも大儀なため、杖《つえ》に寄りかかっている。痛々しい姿だが、意気はいたって軒昂《けんこう》だった。

「まあまあ、かしら」

指南役の嘉助がなだめる。

「肉片から生まれた分身ですよってに、そういう頭までは回らんのとちゃいますか?」

ただ一人、かしらに意見できる男が言った。

「あらかじめ、よう言うとかなあかんわけか」

高尾の南は苦々しげに言った。

「かしらにそっくりで、力はあっても、頭に脳味噌《のうみそ》が入ってまへんので」

嘉助は居並ぶ者たちを手で示した。

赤い目をした男たちは、裏伊賀のかしらにそっくりだった。それは決してまぼろしではなかった。たしかな実体を備えていた。肉の張りや盛り上がりは、まごうかたない高尾の南だ。

さりながら、生身の人ではなかった。肉片から秘法をもって起き上がった怪しきものにすぎなかった。

よって、脳味噌はない。おのれの力で深い思案をして動くことはできない。

「この砦の備えにはなりましょう」

鉄砲隊の隊長がおずおずと言った。

「ぬるい」

高尾の南は一蹴した。

「せっかく敵が麓まで来てるんや。初めのいくさで大したことがないのはよう分かった。ここは一気に攻めつぶすのが兵法や」

全身を布で覆われた男が言った。

「指揮を執るもんがおりまへんな。どれもこれもかしらの分身で、脳味噌は入ってまへんさかいに」

指南役が首をかしげた。

「なら、わいが行く」

高尾の南が言った。

「わいが行ったら、分身の兵は面白いように動くやろ」

裏伊賀のかしらは、ぼおっと突っ立っている分身たちを見回した。

「その体では無理ですわ」

嘉助があわてて言った。

「山を下りるのも難儀で」

鉄砲隊の隊長も和す。

「一日で治らんか」

高尾の南はこらえ性のないことを口走った。

「しばらく養生してもらえまへんと」

指南役が言う。

「なら、こいつらに任せるしかないのか」

裏伊賀のかしらは舌打ちをした。

「われこそは、高尾の南なり」

分身の一人がだしぬけに口を開いた。

「われこそは、高尾の南なり」

「われこそは、高尾の南なり」

ほかの分身たちもいっせいに声を発する。

「ええい、やかましいわい」

裏伊賀のかしらが一喝した。

「わいが高尾の南やぞ。その前で、そんなこと言うてどうするねん。あほだらがっ」

布に覆われた体の目が真っ赤に染まった。

「そう言いながら迎え撃てって吹きこんださかいに、そのとおり言うてるだけですわ。怒ってもこたえまへん」

嘉助が冷静に言った。

「なら、次はどう言わしたらええねん」

高尾の南が問うた。

「そうですなあ……」

指南役は腕組みをした。

「やっぱり出て行かんと、この砦の備えをさせたほうがよろしいと思います。ここは天然の要害ですさかいに」

鉄砲隊の隊長がここで進言した。

だが……。

裏伊賀のかしらはまったく取り合おうとしなかった。

「それではぬるいって言うてるやろ、あほだらがっ」

高尾の南は、ばしっとおのれの太腿をたたいた。

「うっ」

思わずうめく。

肉片を切り取った傷跡がうずいたのだ。

「はっ、すんまへん」

隊長はすぐさま引き下がった。

しつこく進言して首を刎ねられた手下もいるほどだ。ゆめゆめかしらを怒らせてはならない。

「言わすのは、『抜け忍、覚悟！』でどないですやろ」

指南役が話を戻した。

「そやな。あやつらの臭いを嗅がしたったらええ」

高尾の南は答えた。

ひとまず危機が去った隊長がほっと息をつく。

「手拭はまだ残ってますさかいに」

嘉助が言った。

「よっしゃ、今晩中に憶えさせ」

かしらが命じた。

「はっ」

指南役は一礼した。

「ええか、おまえら」

高尾の南は分身たちを見回した。

「三人の抜け忍の首を持ってこい。その仲間も一緒や。皆殺しにしたれ」

野太い声で告げる。

「皆殺しやで。抜け忍だけとちゃうぞ」

嘉助がクギを刺すように言った。

「皆殺し……」

「皆殺し……」

分身たちが復唱する。

「『抜け忍、覚悟！』て叫びながら首刎ねたるねん。言うてみい」

裏伊賀のかしらの目が真っ赤に染まった。

分身たちの目も光る。

「抜け忍、覚悟！」

「抜け忍、覚悟！」

「抜け忍、覚悟！」

隠れ砦に同じ言葉が響きわたった。

七

討伐隊の軍議は遅くまで続いた。

まず、隠れ砦に入ってからどう戦うか、できて間もない絵図面をもとにあらましが話し合われた。

さりながら、砦に到達できなければ、画餅に帰してしまう。あの恐るべき分身隊を一掃しなければ、前へ進むことはできない。

そのあたりをどうすればいいか、軍議の眼目はそこに移った。

「和尚さんから教わったお経と、身に着けていた数珠は役に立ったと思う。そのあたりが勘どころかもしれぬな」

新兵衛はそう言って茶を少し啜った。

「たしかに、敵の目の赤みが薄れたような気がしました」

大三郎が言った。

「わしも見た」

大悟も言う。

「あのお経には力がありました。初めの声を発したのはおのれでも、だんだんべつの力が乗り移ってくるかのような」

源太郎の声に力がこもった。

「そうだな。お経を発するたびに遠くの力が流れこんでくるかのような心地がした」

新兵衛がうなずく。

「兄ちゃんは数珠をはめてなかったし、お経もとっさに出なかったんだと思う」

竹吉が悔しそうに言った。

「ほな、声を合わせてお経を唱えてみたらどないでしょう」

鬼市がふと思いついて言った。

「ああ、なるほど」

最後に加わった熊太郎がひざを打った。

「それは名案かもしれぬな」

新兵衛も乗り気で言った。

「では、般若心経からもう一ヵ所、切り札になるお経をお教えしましょう」

大然和尚がそう言って軽く両手を合わせた。

「それはぜひ」

新兵衛がすぐさま言う。

「ならば……」

和尚は座り直して続けた。

「ほんまのことを言えば、般若心経というお経は世の真理をぎゅっと煮詰めたようなもんでしてな。深いことを言うと、底無し沼みたいな按配《あんばい》になってしまいます。なにしろ、無というものすら無いっちゅう教えですさかいにな」

大然和尚はいくらかあいまいな顔つきになった。

「無というものすら無い」

隻腕の抜け忍がそこだけを繰り返す。

何か感じるものがあったらしい。

「そのあたりを突き詰めていったら、下手したら一生かかっても解けんほどの難題になってしまうんですわ」

和尚は言った。

「そういう難しいことは抜きにして、ただならぬもの、つねならぬものの力を殺ぐ呪文みたいなものとしてお経を使わせてもらえればと」

討伐隊の隊長が言った。

「承知しました」

和尚はうなずいてから続けた。

「では、第二のお経をお教えしましょう」

大然和尚はよく通る声を響かせた。

無眼耳鼻舌身意《むげんにびぜつしんに》

そう聞き取ることができた。

「目も耳も鼻も舌も身体《からだ》も意識もない。せんじつめれば、そういう教えです。それを怪しきものに言葉の刃として突きつけるわけです」

和尚は身ぶりをまじえた。

「刃というより、手裏剣かもしれませんね」

新兵衛が言った。

「お経の手裏剣か」

鬼市は独りごちた。

「手裏剣か石つぶてか、名前は何でもええでしょう。とにかく、声をそろえて投げつけることが肝要です」

大然和尚は言った。

「同時に手裏剣が飛んできたら、すべてをよけることはできませんからね」

新兵衛が引き締まった表情で答えた。

「そうやって力を殺ぐことができれば、かしらの分身を斃すこともできましょう」

大三郎が手ごたえありげに言った。

「ほな、二つのお経をみなで唱える稽古を」

鬼市が言った。

「そうだな。さっそくやってみよう」

新兵衛が両手を打ち合わせた。

八

夜の寺に声が響く。

色不異空、空不異色……

色即是空、空即是色……

さらに、べつの言葉も唱えられる。

無眼耳鼻舌身意……

初めのうちはそろわぬことも多かった。

なかなか憶えられない者もいた。

それでも、いくたびも繰り返すうちにだんだんに声がそろっていった。

「よし、仕上げだ」

新兵衛がひときわ気の入った声を発した。

討伐隊の面々はいっせいに経を唱えた。

色不異空、空不異色……

色即是空、空即是色……

無眼耳鼻舌身意……

初めのころよりは格段にまとまり、力も増していた。

「いいでしょう」

大然和尚が満足げに言った。

「これで怖いものなしだで」

大悟が笑みを浮かべた。

「ただ、だれかが合図をせんと」

鬼市が言った。

「どちらの経を唱えるか、すぐ分かるようにせねばな」

と、新兵衛。

「合図をするのはかしらにかぎりますか？」

大三郎が問うた。

「いや、おれがやられたらどうする」

新兵衛は渋く笑った。

「だれでもかしらの代わりをつとめられるようにしておいたほうがいいでしょう」

源太郎が言った。

「おれができるときはむろんやるが、できないときは代わりの者がやる。そのあたりは阿吽の呼吸だな」

討伐隊のかしらが言った。

「そや」

鬼市がひざを打った。

「何か思いついたん？」

花が訊く。

「阿吽の『阿』と『吽』に分けたらどや」

鬼市は答えた。

「ああ、それはええね」

花がすぐさま言った。

「阿が『色不異空』、吽が『無眼耳鼻』だな？」

新兵衛が確認した。

「そのとおりで」

鬼市が答えた。

「それは言いやすくて分かりやすい」

大三郎が言う。

「では、いま一度稽古を」

和尚がうながした。

「よし、やってみよう」

新兵衛がまた両手を打ち合わせた。

その後も深夜まで稽古が続いた。


阿！

色不異空、空不異色……

色即是空、空即是色……


吽！

無眼耳鼻舌身意……


阿！

色不異空、空不異色……

色即是空、空即是色……


吽！

無眼耳鼻舌身意……

やがて、声がきれいにそろうようになった。

終章　約束の地

一

鬼市は夢を見ていた。
短い眠りでも、たまには夢も見る。
どこかの里にいた。
ここは……。
しばらく思案すると分かった。
青山峠の向こうにある伊賀地という里だ。
伊賀から逃れてきた者たちが暮らす里に鬼市はいた。
向こうから娘が小走りにやってきた。

花だ。

「どうした？」

鬼市はたずねた。

「親ときょうだいが見つかってん」

花は弾んだ声で答えた。

「ほんまか」

夢の中の鬼市は目を瞠った。

「うん」

花はうなずいてから続けた。

「あ、それから、鬼市さんの親らしい人も見かけたって」

花はそう告げた。

「ほんまか」

鬼市は瞬きをした。

「うん、顔がそっくりやったって言うてた」

花は伝えた。

「それはほんまかもしれんな」

俄然《がぜん》、望みが出てきた。

「たぶんほんまやと思う」

花は言った。

「で、どっちや」

鬼市は口早に問うた。

「こっちや。ついてきて」

花はきびすを返して歩きだした。

「おう」

鬼市が続く。

夕暮れの里は桜が満開だった。

ああ、松吉はんの墓に植えた桜がこんなに大っきなったんや。

きれいやなあ……。

鬼市はそんな感慨にふけりつつ、桜をながめながら歩いた。

そのうち、くノ一の姿が見えなくなった。

「花」

呼びかけたが、返事がない。

「花……」

答えはない。

妙だなと思いながら歩いているうち、急に夢の潮が引いて目が覚めた。

二

頭の芯が冴えていた。

鬼市は寺の外に出た。

月あかりの晩だった。

松吉を埋葬した墓所のほうへ、鬼市はゆっくりと歩いた。

人影が見えた。

敵ではないことはすぐ分かった。

相手も鬼市のほうを見た。

花だった。

「寝られへんのか」

鬼市はたずねた。

「ううん、ちょっと寝た」

花は答えた。

「わいもや。夢に……」

鬼市は一つ間を置いてから続けた。

「おまえが出てきたんや、花」

「うちが？」

花は胸に手をやった。

「そや。伊賀地っていう里におった」

鬼市は告げた。

「伊賀から伊勢へ逃げた人らでつくった里やね」

と、花。

「そや。親きょうだいが見つかったって言うて、おまえは嬉《うれ》しそうに向こうから駆けてきよった」

鬼市は笑みを浮かべた。

「そうなったらええわね」

花はしみじみと言った。

「わいの親も見かけたて言うてた。顔がよう似とったらしい」

鬼市は伝えた。

「きっと正夢やわ」

花も笑顔になった。

ほう、と鳥の鳴き声が響いた。

裏伊賀の隠れ砦に向かうときに聞いた不気味な夜鳥ではない。どこかほっとするような声だった。

「裏伊賀の砦を落として、囚われてるわらべたちを救い出して戻ったら、伊賀地で親きょうだいを探すんや」

鬼市は先のことを語った。

「うちも探す。奥鹿野っちゅう里から逃げてきてると思うんで」

花が言った。

「ほな、一緒に探そ」

鬼市は笑みを浮かべた。

「うん」

花はうなずいた。

「それから、親きょうだいが見つかって、いろんなことがあんじょう（うまく）いってからの話やけど……」

鬼市はそう前置きしてから続けた。

「わいと一緒に暮らさへんか、花」

言葉がごく自然に口をついて出た。

おのれでも驚くほど、当たり前のように口にすることができた。

「うちと？」

花は瞬きをした。

「そや、おまえとや。おまえしかおらん」

鬼市はきっぱりと言った。

ほう、とまた鳥が鳴く。

わずかな間があった。

「ええよ」

花は笑みを浮かべた。

「うちは、ええよ」

重ねて言う。

「ほな、話は決まったな」

鬼市も笑みを返した。

「その前に、志を果たさんと」

花の表情がにわかに引き締まった。

「そや。裏伊賀をつぶしてからや。弔い合戦やしな」

鬼市は松吉の墓所のほうを見た。

そのとき、人の気配がした。

敵ではなかった。

姿を現わしたのは、隻腕の抜け忍だった。

三

「何しとったんや」

鬼市が風に問うた。

「崖を探して、岩場を走る稽古をしてた」

風は平然と答えた。

「ああ、上る道が狭いさかい」

花がそれと察して言った。

「なるほど。岩場のほうへさっと上って進んだら、前もつかえへんな」

鬼市がうなずく。

「お経を唱えながらやってみた」

風がかすかに笑った。

「それはすぐ役に立ちそうや」

と、鬼市。

「かえって調子がつく」

風は手裏剣を打つしぐさをした。

「そやけど、一回こけたらしまいや。気ィ入れていかんと」

鬼市は厳しい口調になった。

「敵はたくさんいる。下から攻め上るのは至難や」

風も言った。

「砦を固められても難儀かもしれん」

鬼市が言う。

「まあしかし、挑発すれば出てはくるやろ」

風の隻腕が動く。

「ほな、みなで稽古や。明日の晩は決戦やさかいに」

鬼市が言った。

「その崖はどこにあるの？」

花がたずねた。

「小川の岸が崖になってる」

風はある方向を指さした。

「遠いか」

鬼市は短く問うた。

「走ればすぐや」

風は渋く笑った。

話は決まった。

三人の忍は崖へ向かった。

四

走る、走る。

忍が走る。

月がその影を浮かびあがらせる。

三つの影は滑るように動き、切り立った小川の岸に着いた。

「滑るぞ」

風が手本を見せた。

崖に足をかけながら器用に進む。

「よっしゃ」

鬼市も続いた。

「うちもやる」

最後に花も動いた。

「阿！」

鬼市が声を発した。

「色不異空、空不異色、色即是空、空即是色……」

「色不異空、空不異色、色即是空、空即是色……」

打てば響くように、風と花がお経を返した。

「叶！」

そう叫ぶなり、鬼市は忍び刀を抜いた。

「無眼耳鼻舌身意……」

「無眼耳鼻舌身意……」

仲間が経を響かせる。

「それでええ」

鬼市はひらりと崖に飛び乗った。

月があざやかに見えた。

この世をあまねく照らす月だ。

かつて裏伊賀から仰いだ月が、今夜も世を照らしている。

待っとれよ。

必ず救い出したるさかいに。

同じ月光を見ているかもしれない囚われのわらべたちに向かって言うと、鬼市は忍び刀を大きく振りかぶった。

そして、浅瀬のわずかな草地に向かって飛んだ。

過たず着地する。

月光を宿した刀が一閃し、まぼろしの敵を斬った。

［主要参考文献］

『復元・江戸情報地図』（朝日新聞社）
中島篤巳訳註『完本　万川集海』（国書刊行会）
歴史群像シリーズ特別編集『［決定版］図説　忍者と忍術』（学習研究社）
喜田川守貞著、宇佐美英機校訂『近世風俗志（守貞謾稿）』（岩波文庫）
谷岡武雄監修、福永正三著『秘蔵の国　伊賀路の歴史地理』（地人書房）

（ウェブサイト）
みえの歴史街道　https://www.bunka.pref.mie.lg.jp/kaidou/
伊賀ぶらり旅　https://igakanko.net/
うどんの百科事典（うどんミュージアムＨＰ内）　https://udon.mu/ise
熱田区　https://www.city.nagoya.jp/atsuta/
Aichi Now　https://www.aichi-now.jp/

本書は文庫書下ろし作品です。

|著者|倉阪鬼一郎　1960年三重県上野市（現・伊賀市）生まれ。早稲田大学第一文学部卒。'87年『地底の鰐、天上の蛇』（幻想文学会出版局）でデビュー、'97年『百鬼譚の夜』（出版芸術社）で本格デビューし、幻想小説、ミステリー、ホラーなど多岐にわたる分野の作品を次々に発表する。近年は時代小説に力を入れ、人情ゆたかな世界を描き続けている。主な著書に「小料理のどか屋　人情帖」「南蛮おたね夢料理」「大江戸秘脚便」「人情料理わん屋」「人情めし江戸屋」「夢屋台なみだ通り」などのシリーズがある。

八丁堀《はっちょうぼり》の忍《しのび》㈤　討伐隊《とうばつたい》、動《うご》く

倉阪鬼一郎《くらさかきいちろう》

講談社文庫

定価はカバーに
表示してあります

2021年7月15日第1刷発行

発行者——鈴木章一
発行所——株式会社　講談社
東京都文京区音羽2-12-21　〒112-8001
電話　出版（03）5395-3510
販売（03）5395-5817
業務（03）5395-3615

Printed in Japan

KODANSHA

デザイン—菊地信義
本文データ制作—講談社デジタル製作
印刷———豊国印刷株式会社
製本———株式会社国宝社

ISBN978-4-06-524387-9

講談社文庫刊行の辞

二十一世紀の到来を目睫に望みながら、われわれはいま、人類史上かつて例を見ない巨大な転換期をむかえようとしている。

世界も、日本も、激動の予兆に対する期待とおののきを内に蔵して、未知の時代に歩み入ろうとしている。このときにあたり、創業の人野間清治の「ナショナル・エデュケイター」への志を現代に甦らせようと意図して、われわれはここに古今の文芸作品はいうまでもなく、ひろく人文・社会・自然の諸科学から東西の名著を網羅する、新しい綜合文庫の発刊を決意した。

激動の転換期はまた断絶の時代である。われわれは戦後二十五年間の出版文化のありかたへの深い反省をこめて、この断絶の時代にあえて人間的な持続を求めようとする。いたずらに浮薄な商業主義のあだ花を追い求めることなく、長期にわたって良書に生命をあたえようとつとめるところにしか、今後の出版文化の真の繁栄はあり得ないと信じるからである。

同時にわれわれはこの綜合文庫の刊行を通じて、人文・社会・自然の諸科学が、結局人間の学にほかならないことを立証しようと願っている。かつて知識とは、「汝自身を知る」ことにつきていた。現代社会の瑣末な情報の氾濫のなかから、力強い知識の源泉を掘り起し、技術文明のただなかに、生きた人間の姿を復活させること。それこそわれわれの切なる希求である。

われわれは権威に盲従せず、俗流に媚びることなく、渾然一体となって日本の「草の根」をかたちづくる若く新しい世代の人々に、心をこめてこの新しい綜合文庫をおくり届けたい。それは知識の泉であるとともに感受性のふるさとであり、もっとも有機的に組織され、社会に開かれた万人のための大学をめざしている。大方の支援と協力を衷心より切望してやまない。

一九七一年七月

野間省一

講談社文庫 最新刊

月村了衛
悪の五輪
東京オリンピックの記録映画監督を黒澤明が降板した。次を狙うアウトローの暗躍を描く。

長岡弘樹
夏の終わりの時間割
『教場』の大人気作家が紡ぐ「救い」の物語。ほろ苦くも優しく温かなミステリ短編集。

川瀬七緒
スワロウテイルの消失点〈法医昆虫学捜査官〉
なぜ殺人現場にこの虫が!? 感染症騒ぎから、思わぬ展開へ——大人気警察ミステリー!

秋《あき》保《う》水《すい》菓《か》
コンビニなしでは生きられない
コンビニで次々と起こる奇妙な事件。バイト二人の謎解き業務始まる。メフィスト賞受賞作。

北山猛邦
さかさま少女のためのピアノソナタ
五つの物語全てが衝撃のどんでん返し、痺《しび》れる余韻《よいん》。ミステリの醍醐味が詰まった短編集。

倉阪鬼一郎
八丁堀の忍(五)〈討伐隊、動く〉
裏伊賀の討伐隊を結成し、八丁堀を発つ鬼市《おにいち》達。だが最終決戦を目前に、仲間の一人が……。

作画:蔡志忠
訳:和田武司
監修:野末陳平
マンガ 孫子・韓非子の思想
戦いに勝つ極意を記した「孫子《そんし》の兵法」と、韓《かん》非《び》子の法による合理的支配を一挙に学べる。

マイクル・コナリー
古沢嘉通 訳
鬼火(上)(下)
Amazonプライム人気ドラマ原作シリーズ。LAハードボイルド警察小説の金字塔。

講談社タイガ
保坂祐希
大変、申し訳ありませんでした
罵声もフラッシュも、脚本どおりです。謝罪会見を裏で操る謝罪コンサルタント現る!